王小波　著

革命时期的爱情

北 京 出 版 集 团
北京十月文艺出版社

新经典文化股份有限公司
www.readinglife.com
出　品

目录

序

　　这是一本关于性爱的书。性爱受到了自身力量的推动，但自发地做一件事在有的时候是不许可的，这就使事情变得非常的复杂。举例言之，颐和园在我家北面，假如没有北这个方向的话，我就只好向南走，越过南极和北极，行程四万余公里到达那里。我要说的是：人们的确可以牵强附会地解释一切，包括性爱在内。故而性爱也可以有最不可信的理由。

作者

一九九三年七月十六日

有关这本书：

王二一九九三年夏天四十二岁，在一个研究所里做研究工作。在作者的作品里，他有很多同名兄弟。作者本人年轻时也常被人叫作"王二"，所以他也是作者的同名兄弟。和其他王二不同的是，他从来没有插过队，是个身材矮小，身体结实，毛发很重的人。

第一章

一

王二年轻时在北京一家豆腐厂里当过工人。那地方是个大杂院，人家说过去是某省的会馆。这就是说，当北京城是一座灰砖围起的城池时，有一批某个省的官商人等凑了一些钱，盖了这个院子，给进京考试的举人们住。这件事太久远了。它是一座细砖细瓦的灰色院子，非常的老旧了。原来大概有过高高的门楼，门前有过下马石拴马桩一类的东西，后来没有了，只有一座水泥门桩的铁栅栏门，门里面有条短短的马路，供运豆腐的汽车出入。马路边上有一溜铁皮搭的车棚子，工人们上班时把自行车放在里面。棚子的尽头有个红砖砌的小房子，不论春夏秋冬里面气味恶劣，不论黑夜白天里面点着长明灯，那里是个厕所。有一段时间有人在里面的墙上画裸体画，人家说是王二画的。

王二在豆腐厂里当工人时，北京冬天的烟雾是紫红色的，这是因为这座城里有上百万个小煤炉，喷出带有二氧化硫的煤烟来。当阳光艰难地透过这种煤烟时，就把别的颜色留在天顶上了。这种颜色和他小时候见过的烟雾很近似。对于颜色，王二有特别好的记忆力。但是不管你信也好，不信也罢，他居然是个色盲。早知道自己是个色盲，他也不会学画，这样可以给自己省去不少的麻烦。

　　王二在豆腐厂当工人时，大家都不知道他是色盲，将来当不了画家。相反，他们只知道他右手的手指老是黑黑的，而别人不这样。这说明只有他经常拿着炭条画素描，别人则不画。而厕所墙上的裸体画正是炭条画的。除此之外，画在白墙上的裸体女人虽然是一幅白描，只有寥寥可数的几根线条，那几根线条却显得很老练，很显然是经常画才能画得出来。这些事足以证明是他画了这些画。那个女人被画出来以后，一直和上厕所的人相安无事。直到后来有人在上面用细铅笔添了一个毛扎扎的器官和一个名字，问题才变得严重起来。照他看来，原来作画的和后来往上添东西的显然不是一个人。但是这些话没人肯听。人家把厕所的墙重新粉刷了，可是过了没几天，又有人在厕所里画了这样一个女人，并且马上又有人添了同样的东西，这简直就是存心捣蛋了。你要知道，人家在那个女人身边添的名字是"老鲁"，老鲁是厂里头头（革委会主任）的名字。这位老鲁当时四十五六岁，胖乎乎的，两个脸蛋子就像抹了胭脂一样红扑扑的，其实什么都没抹。她说话就像吵架一样，有时头发会像孔雀开屏一样直立起来。她是头头，这就是说，她是上面派来的。有她没她，一样地造豆腐，卖豆腐。但是谁也不想犯到她手上。当时还没有证据说是王二画了那幅画，她就常常朝王二猛扑过来，要撕王二的脸。幸亏这时旁边总是有人，能把她拦住。然后她就朝王二吐吐沫。吐吐沫想要吐准需要一定的练习和肺活量，老鲁不具备这种条件，所以很少吐中王二，都吐到别人身上了。

厕所里的那个女人画在尿池子的上方，跪坐着，手扬在脑后，有几分像丹麦那个纪念安徒生的美人鱼，但是手又扬在脑后，呈梳妆的姿势。那个毛扎扎的器官画在肚皮上，完全不是地方。这说明在这画上乱添的人缺少起码的人体解剖知识——假如老鲁的那部分真的长得那么靠上的话，会给她的生活增加极多的困难。进来的人在她下面撒尿，尿完后抬起头来看看她，同时打几个哆嗦，然后就收拾衣服出去了。我猜就在打那几个哆嗦时，那位不知名的画家画出了这个女人——总共也用不了五秒钟，但是这五秒钟几乎能让王二倒一辈子的霉。

王二在豆腐厂里当工人是一九七三年的事，当时北京城显得十分破败，这是因为城里的人衣着破旧。当时无所谓时髦，无所谓风流，大家也都没有什么财产。没有流行音乐，没有电影可看，在百无聊赖之中，每个人都想找别人的麻烦。

一九七三年早已过去了，厕所里的淫画是一件很常见的东西，像老鲁那样的人也无甚新奇之处。所以我们看到以上的论述，就如看一幅过时的新闻图片，不觉得它有什么吸引人的地方。只有一种情况会使这一点发生变化，就是那位王二恰巧是你。把这一点考虑在内，一切就都不一样了。

二

小的时候我想当画家，但是没当成，因为我是色盲。我经常怀疑自己有各种毛病，总是疑得不对，比方说，我怀疑过自己有精神病、梦游症等等，都没疑对。因此正确的怀疑方式是：当你想当画家时，就怀疑自己是色盲；想当音乐家时，就怀疑自己是聋子；想当思想家，就怀疑自己是个大傻瓜。如果没有那种毛病，你就不会想当那种人。当然，我想当画家的原因除了色盲外，还有别的。这些情况我慢慢地就会说到了。

前几年，夏天我们到欧洲去玩。当时我是个学生，趁着放暑假出来玩，和我一道去的还有我老婆，她也是个学生。我还当过工人、教师等等，但当得最久的还是学生。我们逛了各种各样的地方，最后到了比利时。布鲁塞尔有个现代艺术画廊，虽然我们一点也不懂现代画，但是也要去看看，表示我们是有文化的人。

那个画廊建在地下，像一个大口井，有一道螺旋走廊从上面通到井底。我顺着走廊走下去，左面是透明的玻璃墙，右面是雪白的墙壁，墙上挂着那些现代画。我走到达利的画前，看他画的那些半空里的塔楼，下肢细长、伸展到云端的人和马。这时我的右手忽然抽起筋来，食指忽左忽右，不知犯了什么毛病。后来我才发现，它是挣扎着要写出个繁体的"爲"字来。这种毛病以前也有过，而且我做梦时，经常梦见红砖墙上有个"爲"字，好像一颗巨大的牛头。后来我在那个画廊里坐了半天，想起一件小时候的事。小时候我住在一所大学里，有一天上午从家里跑出去，看到到处的砖墙上都用白粉写着大字标语，"爲了一零七零"，这些字的样子我记得很清楚，连周围的粉点子全记得很清楚，但是我当时一个也不认识。我记得"爲"字像牛头，"一"字像牛尾巴。如果细想一下牛头牛尾的来路，就会想到家里那些五彩缤纷的小画书。我顺着那些砖墙，走到了学校的东操场，这里有好多巨人来来去去，头上戴着盔帽，手里拿着长枪。我还记得天是紫色的，有一个声音老从天上下来，要把耳膜撕裂，所以我时时站下来，捂住耳朵，把声音堵在外面。我还记得好几次有人对我说，小孩子回家去，这儿危险。一般来说，我的胆子很小，听说危险，就会躲起来，但是也有例外，那就是在梦里。没有一回做梦我不杀几个人的。当时我就认定了眼前是个有趣的梦境，所以我欢笑着前进，走进那个奇妙的世界。说实在的，后来我看见的和达利的画很有近似之处。事实上达利一九五八年没到过中国，没见过大炼钢铁。但是他虽然没见过大炼钢铁，可能也见过别的。由此我对超现实主义产生了一个概念，那就是一些人，他们和童年有一条歪歪扭扭的时间隧道。当然这一点不能说穿，说穿了就索然无味。

五八年我走到了操场上，走到一些奇怪的建筑之间，那些建筑顶上有好多奇形怪状的黄烟筒，冒出紫色的烟雾。那些烟雾升入天空，就和天空的紫色混为一体。这给了我一个超现实主义的想法，就是天空是从烟筒里冒出来的。但我不是达利，不能把烟筒里冒出的天空画在画布上。除此之外，周围还有一种神秘的嗡嗡声，仿佛我置身于成千上万飞翔的屎壳郎中间。后来我再到这个广场上去，这些怪诞的景象就不见了，只剩下平坦的广场，这种现象叫我欣喜若狂，觉得这是我的梦境，为我独有，因此除了我，谁也没有听见过那种从天上下来撕裂耳膜的声音。随着那个声音一声怪叫，我和好多人一起涌到一个怪房子前面，别人用长枪在墙上扎了一个窟窿，从里面挑出一团通红的怪东西来，那东西的模样有几分像萨其马，又有几分像牛粪，离它老远，就觉得脸上发烫，所有的人围着它欣喜若狂——这情景很像一种原始的祭典。现在我知道，那是大炼钢铁炼出的钢，是生铁锅的碎片组成的。——我哥哥当时在念小学，他常常和一帮同龄的孩子一起，闯到附近的农民家里，大叫一声"大炼钢铁"，就把人家做饭的铁锅揭走，扔下可怜的一毛钱，而那个铁锅就拿到广场上砸碎了——没炼时，散在地上就像些碎玻璃，炼过以后就粘在一起了。但是我当时以为在做梦，也就欣喜若狂——虽然身边有好多人，但是我觉得只有自己在欣喜若狂，因为既然是做梦，别人都是假的，只有我是真的。这种狂喜，和达利画在画布上的一模一样。等到后来知道别人也经历过大炼钢铁，我就感到无比的失望。

后来在布鲁塞尔的画廊里，我看到达利的画上有个光屁股小人，在左下角欢呼雀跃。那人大概就是他自己吧。我虽然没去西班牙，但是知道那边有好多怪模怪样的塔楼，还有些集体发神经的狂欢节，到了时候大家都打扮得怪模怪样。所以没准他三岁时见到了什么怪景象，就以为自己做了个怪梦，傻高兴一场。狂欢节这个概念不算难，到了四五岁就能理解。大炼钢铁是个什么意思，就是到了十几岁也懂不了。我是五二年生人，五八年六岁，当时住在一所大学里。所以我怎么也不能理解哇哇叫的是高音喇叭，嗡嗡叫的是鼓风机，一零七零是一年要炼出一千零七十万吨钢，那些巨人是一些大学生，手里的长枪是炼钢用的钢钎，至于哇哇叫出的小土群、小洋群是些什么东西，我更不可能懂得。何况那天的事有头没尾，后来的事情在记忆里消失了，就更像个梦。直到我都二十岁了，对着小臂上一个伤疤，才把它完全想了起来。那天我看完了出钢，就往回走，在钢堆边上摔了一跤，钢锭里一块锅茬子差一点把我的小胳膊劈成两半。这件事太惨了，所以在记忆里待不住，用弗洛伊德的说法叫作压抑。压了十几年我又把它想了起来，那天我不但流了很多血，而且我爸爸是拎着耳朵带我上医院的。关于这一点我不怪他。我们家孩子多，假如人人都把胳膊割破，就没钱吃饭了。后来我老想，在炉子里炼了好几个钟头，锅片子还能把我的手割破，从冶金学的角度来看，那些炉子可够凉快的。为此我请教过一位教冶金的教授，用五八年的土平炉，到底能不能炼钢。开头他告诉我能，因为只要不鼓冷空气，而是鼓纯氧，不烧煤末子，而是烧优质焦炭，就能达到炼钢的温度。后来他又告诉我不能，因为达到了那种温度，土平炉就要化了。土平炉虽然沾了个土字，但是这个土不是耐火黏土，它是砖砌的。顶上那些怪模怪样的烟筒是一些粗陶的管子，那种东西不炼钢时是用来砌下水道的，一炼钢就上了天了。羞耻之心人皆有之，大炼钢铁一过去，人们就把炉子拆得光光的，地面压得平平的，使得好像什么事也没发生一样。但是还是有一些踪迹可循，在院子里一些偏僻地方，在杂草中间可以找到一些砖堆，那些砖头上满是凝固了的气泡，黑色的瘤子，就像海边那些长满了藤壶、牡蛎壳的礁石——这说明凉快的炉子也能把砖头烧坏。这些怪诞的砖头给人以极深的印象。像这种东西，我在那个画廊里也找到了。像这样的记忆我们人人都有，只是没有人提也没有人来画，所以我们把它们都淡忘了。我想起这些事，说明了我身上有足够当一位画家的能量。而且像我这样一个有如此怪诞童年的人，除了当个画家，实在也想不出当什么更合适。但我没当成画家，因为我是色盲。这一点在我二十六岁以前没有人知道，连我自己都不知道。这说明我根本算不上色盲，顶多有点色弱罢了。但是医生给检查出来了。因此我没有去搞艺术，转而学数学了。

三

厂里有一座高塔，王二就在塔顶的房子里磨豆浆。后来他不在豆腐厂了，还常梦见那座塔。如果让弗洛伊德来说的话，这意味着什么是不言而喻的，更何况雪白的豆浆老是从塔顶上下来，流到各车间去。豆浆对于豆腐厂就像自来水对一座城市一样重要。其实根本用不着弗洛伊德，大家都知道那个塔像什么，有人说：咱们厂的那个塔像 dénjiu，这就是说，这座塔上该穿条裤衩了。通到塔上去的梯子是爬烟筒的脚手梯，这是因为在塔上工作的都是男青工。送豆浆的管道都架在半空中和房顶上，顺着它他们和豆浆一样在厂里四通八达，所以他也很少下地来，这叫人想起已故意大利作家卡尔维诺的小说《在树上攀援的男爵》——这位作家的作品我是百读不厌。老鲁在地下看了这种景象，就扯破了嗓子嚷嚷，让王二下来。但是王二不理她，这是因为冷天管子不是冻就是堵，他正赶去疏通。她看到王二从跨越大院的管道上走过时，总抱着一线希望，指望王二会失足掉下去，被她逮住。但是他在上面已经走了好几年了，从未失足。就是偶尔失掉平衡，顶多也就是走出几步像投保龄球那样的花步，离掉下去还远着哪。假如她能做到，一定会拣煤块来打他。但是在大冬天里，一位穿中式棉袄的胖女人又能把石块扔到多高呢？她所能干成的最有威慑力的事就是拿了掸房顶的长竿鸡毛掸子来捅他的腿，王二只好退回原来的房顶上去。但是过了不一会儿，就会有人在对面车间里拼命地敲管子，高喊道豆浆怎么还不来。在这种情况之下老鲁只好收起长竿让他过去——不管怎么说，她也是厂里的革委会主任，不敢干得太过分，让厂里造不出豆腐。而豆腐能否造出来，就取决于王二能否走过去，疏通管道，使豆浆流过去。除了对老鲁，王二和厂里每个人都说过，他没画过那些画。本来王二也可以对老鲁说这番话，但是他没有勇气站到她面前去。他想，反正她也逮不住我，就让她在下面嚷嚷吧。

有关这件事，还有一些需要补充的地方。王二这家伙是个小个子，才过了二十岁，就长了连鬓胡子，脸上爬满了皱纹，但一根横的也没有，全是竖着的，自然卷的头发，面色黝黑，脸上疙疙瘩瘩。脸相极凶，想笑都笑不出，还有两片擀了毡的黑眉毛。冬天他穿一套骑摩托送电报的人才穿的黑皮衣服去爬管道，简直是如履平地。别的人四肢伏地时多少会感到有点不自然，他却显得轻松自然，甚至把脚伸到了鼻子前面也觉得自然。飞快地爬了一圈下来，膝盖上一点土都不沾。这就给人一种猫科动物的印象。

这些奇形怪状的地方使大家以为他是个坏蛋，而这种观念他自己也多少有点接受了。

人家说，老鲁原来在上级机关工作，因为她在那里闹得人人不得安生，所以放到这里当厂长。她要捉王二时，每天早上总是起绝早到厂门口等着，但是早上又太冷，所以到传达室坐着。王二骑车上班，总是攒着一把劲，等到厂门口才把车骑到飞快，与此同时，摇起铃铛，嘴里也叫起来："让开让开！"等她从屋里跑出来，叫王二站住，叫人截住他时，他已经一溜烟似的消失在厂里的过道里啦。等她追到豆浆塔下，王二早爬上了脚手梯。这座塔只有这么一道很难爬的梯子可以上来，再有就是运豆子的螺旋提升机。假如她乘提升机上来，准会被搅得弯弯扭扭，又细又长，好像圣诞节的蜡烛一样，所以王二在上面很安全。至于她在下面嚷嚷，王二可以装没听见。唯一可虑的事是她在地上逮住王二，这就像野猪逮住猎狗一样，在空旷地方是不大可能的事。但是厂里不空旷，它是一座九宫八卦的阵势。过去盖房子，假如盖成了直门直道，别人就会说盖得不好。就是最小的院子，门口都有一座影壁墙来增加它的曲折程度。所以早上王二上班时，假如还没有遇到老鲁并把她甩掉，每到一个危险的拐弯前面，都要停下来复习前面的地形地物，想想假如老鲁就藏在墙后的话，该怎么办，想好了以后再往前走。因为有这些思想上的准备，所以当车子后座上一滞，老鲁得意洋洋地说道"我可逮住你了"时，就从来不会惊慌失措。这些时候他往往不是骑在车上，而是站在车上，一只脚站在车座上，另一只脚踩着把，好像在耍杂技。她一抓后座，王二正好一跃而起，抓到半空中横过的管道，很潇洒地翻上去，在空中对过路的人说：徐师傅，劳驾给我看着自行车。老鲁则在下面恨恨地对徐师傅说，有朝一日逮住王二，非咬他一口不可。与此同时，她的头发从项后往前竖立起来，就像个黄包车的棚子打开时一样。每个人都觉得老鲁是个麻烦，这是因为她脾气古怪。但是没有人认为她是个坏蛋，因为她是个四十多岁的老娘们。在这种人里不可能有坏蛋。

四

五八年我独自从家里跑出去，在"钢"堆边摔了一跤，把手臂割破了。等我爬了起来，正好看到自己的前臂裂了一个大口子，里面露出一些白滑滑亮晶晶的东西来，过了好一会儿才被血淹没。作为一个六岁的孩子，当然不可能明白这是些什么，所以后来我一直以为自己体内长满白滑滑黏糊糊像湿棉絮似的东西，后来十几岁时遗精也没感到诧异，因为那不过是里面的东西流出来了而已。直到后来学画，看了几本解剖学的书，才知道当时看到的是自己的筋膜。筋膜只长在少数地方，并非全身都是。但是我爸爸揪着我上校医院时，以及大夫用粗针大线把我缝起来时，我都在想自己是一具湿被套的事，呆头呆脑地忘了哭。大夫看了，关心地说：老王，这孩子脑子没有毛病吧？我爸爸说没有，他一贯呆头呆脑，说着在我头上打个凿栗，打得我哇的一声。然后我就看到我爸爸兴奋地搓着手说：看到了吧，会哭——是好的。后来我看到回形针在我的肉里穿进穿出，嚎哭声一声高过一声，他觉得太吵，在我脑袋上又打一凿栗，哭声就一声声低下去，我又开始想自己是个被套的问题。我爸爸在很短的时间里连造了六个孩子，正所谓萝卜快了不洗泥，只要头上打一凿栗能哭出来，他就很满意。这件事说明，外表呆头呆脑，好像十分朴实，而内心多愁善感，悲观厌世——这些就是我的本性。但我当时虽然厌世，也没有想到会有色盲这么一出。

我小时候住过的大学和我后来在布鲁塞尔到过的那个现代艺术馆是很不一样的两个地方。前者是个四四方方的大院子，里面的水泥楼房也是四四方方的，校园里的道路横平竖直，缺少诗意。而比利时那个现代艺术馆是一个深入地下的大口井，画廊就像螺旋楼梯绕着井壁伸下去。井底下有一个喷水池，还有一片极可爱的草坪。虽然这两个地方是如此的不像，但是因为达利和大炼钢铁，它们在我的头脑里密不可分地联系起来了。

五八年我还看到过别的一些景象，比方说，在灯光球场上种的实验田，那一片灯光通宵不灭，据说对庄稼生长有好处，但是把全世界的蚊子和蛾子全招来了，形成了十几条旋转光柱，蔚为壮观；还有广播喇叭里传来的吓死人的豪言壮语。但是这些都不重要，重要的是广场上的大炼钢铁和我划破了手臂。我的一切都是从手腕上割了个大口子开始的。后来我开始学画，打算做个画家，因为不如此就不足以表达我心中的怪诞——我不知达利是不是因为同样的原因当了画家。至于我是个色盲，我还没有发现。不但如此，我还自以为辨色力比所有的人都好。以一棵胡萝卜为例，别人告诉我说，看起来是一个橘红色的疙瘩，但是我看就不是这样。它是半透明的，外表罩了一层淡紫色的光，里面有一层淡淡的黄色。再往里，直抵胡萝卜心，全是冷冷的蓝色。照我看这很对头，胡萝卜是冷的嘛。这样画出的胡萝卜，说它是什么的全有。有人说印象派，有人说毕加索的蓝色时期，还有人说是资产阶级的颓废主义，就是没人说它是胡萝卜。七七年我去考美院，老师们也是这样议论纷纷。假如我故作高深状，坐在一边一声不吭，大概就考上了。倒霉就倒在我去对他们说，胡萝卜在我眼睛里就是这样的。后来不知哪位天才出主意叫我去医院查眼睛。查完了回来，那些老师就笑得打滚，把我撵了出去。其实不过是眼科的辨色图卡有几张我没认出来。我也能画出一套图卡，叫谁都认不出来。

　　我的辨色力是这样的：我看到胡萝卜外面那层紫是紫外线，心里的蓝是红外线。只有那层淡淡的黄色是可见光。用无线电的术语来说，我眼睛的频带很宽。正因为我什么都能看见，所以什么都马马虎虎，用无线电的术语来说，在可见光的频带上我眼睛的增益不够大——假如眼睛算是一对天线的话。像我这样的人，的确不适合当画家：紫外线、红外线画家，和超声波音乐家一样，没有前途。但是我的视力也不是没有好处，因为能看见紫外线，所以有些衣料对我来说几乎是透明的，穿了和什么都不穿是一样的。到了夏天我就大饱眼福；而且不用瞪大了眼睛看，眯缝着眼睛看得更清楚。这一点不能让我老婆知道，否则她要强迫我戴墨镜，或者用狗皮膏药把我的眼睛封起来，发我一根白拐棍，让我像瞎子一样走路。我的艺术生涯已经结束了，但不是因为我是色盲。这是因为我自己不想画了。也是因为人们没有给我一个机会，画出所见的景象。假如他们给我这个机会的话，就能够通过我的眼睛看到紫外线和红外线。

五

老鲁总想逮王二，但是总不成功。她最好的成绩是抓到了他的一只鞋。那一回很危险，因为她藏在塔下的角落里等着，等王二看见她已经很近了。逼得王二只好在车座上一跃而起，抓住了上面的梯磴，任凭崭新的自行车哗啦一声摔在地下。就是这样，也差点被她揪住了他的脚脖子，鞋都被她扯掉了。后来她把这只解放鞋挂在了办公室前面的半截旗杆上炫耀她的胜利，并且宣布说，谁来要都不给，非王二自己来拿不可。但是下班时他骑着车，一手扶把，一手持长竹竿，一竿就把鞋挑走了。那一次总算是侥幸毫发无伤，连鞋子都没损失，但是王二怕早晚有一天会在铁梯上把嘴撞豁。还有别的担心，比方说，怕在工厂里骑快车撞倒孕妇（当时有好几个大着肚子来上班的）等等，所以王二就改为把车子骑到隔壁酒厂，从那边爬墙过来。酒厂和豆腐厂中间还隔了一条胡同，但是还有一条送蒸汽的管子架在半空中。王二就从上面走过来。不好的是胡同里总有老头子在遛鸟，看到王二就说：这么大的人了，寒碜不寒碜，这时王二只好装没听见。

最后王二被老鲁追得不胜其烦，就决定不跑了，从大门口推着自行车慢步进来，心里想着：她要是敢咬我，我就揍她。但是打定了这种决心以后，老鲁就再也不来追王二，甚至在大门口面对面地碰上，她也不肯扑过来，而是转过脸去和别人说话。这种事真是怪死了。以前王二拼命奔逃时，想过好多"幸亏"：幸亏他在半空中上班，幸亏他从小就喜欢爬树上房，幸亏他是中学时的体操队员，会玩单杠等等，否则早被老鲁逮住了。后来王二又发现一点都不幸亏：假如他不会爬树上房，不会玩单杠，不能往天上逃，那王二就会早早地站在地下，握紧了拳头，想着假如老鲁敢来揪他的领子，就给她脸上一拳，把她那张肥脸打开花。假如是后一种情况的话，问题早就解决了，根本用不到实际去打。这些幸运和不幸，再加上复杂无比的因果关系，简直把他绕晕了。

　　这个被追逐的故事就发生在我身上。当时是一九七四年，冬天空气污浊，除了像厕所里的淫画和各种政治运动，简直没有什么事情可供陈述。而政治运动就像天上的天气，说多了也没有意思。当时北京的城墙已经被拆掉了，那座古老的城市变得光秃秃的，城里面缺少年轻人，这样的生活乏味得很。当时我二十二岁了，是个满脸长毛的小伙子。也许就是因为这个，老鲁才决定要捉住我。那段时间里，我经常是躲在房上，但是每月总有几次要下地，比方说，签字领工资，到工会去领电影票，等等。只要逃进了会计的办公室，把门插上，也就安全了，危险总是发生在这段路上，因为准会遇上老鲁。每到开支的日子，会计室门口总会有好多人等着看热闹。到了这种日子，老鲁的脸准比平时红上好几倍，头发也像被爆米花的机器爆过——在攻击敌人时，狒狒的脸也要变红，眼镜蛇也要炸腮；这些都不重要，不要为其所动，重要的是看她进攻的路线。假如她死盯着我的胸前，就是要揪我的领子；假如她眼睛往下看，就是要抱我的腿。不管她要攻哪里，她冲过来时，你也要迎上去。正面相逢的一瞬间，假如她举手来抓领子时，我一矮身，从她胁下爬过去；假如她矮身要抱腿，我就一按她肩膀，用个跳马动作从她头顶上一个跟头翻过去。那个时候老鲁抓王二是我们厂的一景，每月固定出现几次。但是这已经是很早以前的事了。

有关我待过的豆腐厂，有好多可补充的地方。它在北京南城的一个小胡同里，虽然那条胡同已经拓宽了，铺上了柏油，但是路边上还有不少破破烂烂的房子，房门开到街面上。窗子上虽然有几块玻璃，但是不要紧的地方窗格子上还糊着窗户纸。那些房子的地基比街面低，给人异常低矮的印象，房顶上干枯的毛毛草好像就在眼前。我们厂门口立了两个水泥柱子，难看无比。里面有个凶恶无比的老鲁等着捉我。这一切给我一种投错胎转错世的感觉。虽然这一切和别人比起来，也许还不算太糟，但是可以说，我对后来发生的这些事情缺少精神准备。我小的时候可没想到会有这么个堆满了碎煤的院子，里面在造豆腐，更没想到这里会有个老鲁要咬我。

六

我现在已经四十岁了，既不是画家，也不是数学家，更不是做豆腐的工人，而是一个工程师。这一点出乎所有人（包括我家里人和过去认识我的人）的意料之外，但是我自己一点也不感到意外。把时光推回到我小的时候，有一段时间门前是一大片鸡圈，那时候我手上的伤疤已经长好了。从我住的二楼凉台往下看，只见眼前是一大片蜂窝式的场所，因为这些鸡圈是用各种各样的材料隔出的空地。在那些材料里有三合板、洋铁皮、树枝树杈等等。

原来的设想是用这些东西就可以把鸡圈在里面不让它们出来，但是不管什么时候你都能看见很多的鸡在圈间的空地上昂首阔步地走着，而且到处都能闻见鸡屎味，和不带过滤嘴的骆驼牌香烟的味道一样。除了楼前的空地上有鸡圈，楼上的阳台上也养上了鸡。有一只公鸡常常在楼下起飞，飞到我头顶四楼的阳台上去。我能够从它漫步的姿态判断它何时起飞，所以也就很少错过这些起飞的场面。通常它是在地上一蹲，然后跳到空中拼命拍动翅膀，就拔地而起了。据我的观察，它只能够瞬时克服重力，垂直升上去，不大能够自由飞翔；因为它常常扑不准阳台，又从空中扑扑啦啦地掉下来。当时我看鸡飞上阳台十分入迷，却不知道这预示着什么。过了近三十年，我到了美国圣路易城，在那个著名的不锈钢拱门下和一架垂直起落的鹞式战斗机合影时，才带着一丝淡淡的懊恼想起这件事来。这是因为这架飞机的外形和那只公鸡很像，飞起来就更像了。我的懊恼是因为觉得应该由我把这架飞机发明出来。所有这些事说明了除了攀登外，我的生命还有一个主题，就是发明。这也是我与生俱来的品性，虽然到目前为止，我还没发明过什么了不起的东西。

小时候我在挨饿，那段时间我们家门前满是鸡圈。但是你要是以为中国的大学里就是满地鸡窝就错了——那段时间并不长，而且不光是养鸡，还养了不少兔子，因为兔子也可以被杀了吃。不光是挨饿，还缺少一切东西。但是缺少的东西里并不包括钱，但是光有钱没有票证什么都买不到，除了只含水分和木棍的冰棍。钱这种东西假如买不到东西就没有什么用，擦屁股都嫌太硬，而且还犯法。连青菜都要票，这一点连最拥护社会主义的我爸爸也觉得过分了。有一天在家里听见楼下有人吆喝道：不要菜票的菠菜嘞！我姥姥就打发我去买。买回来一捆菠菜，立起来比我还高好多，只能用来喂兔子，不能喂鸡，因为会把鸡噎死。我姥姥是个来自农村的小脚老太太，她咬着手指说：从来没见过这么老的菠菜！后来她动了一阵脑筋，想从菠菜里提取纤维来纳鞋底子，但是没有成功。这说明我姥姥身上也有发明的品性。而且如果肚子里空空如也，每个人都会想入非非。

我小时候也没有手纸，我爸爸把五八年的宣传材料送进了卫生间，让我们用它擦屁股。那些材料里有好多是关于发明创造的，我在厕所里看这些东西，逐渐入了迷。与此同时，我哥哥姐姐在厕所门前排起了队，憋得用拳头擂门，我却一点也听不见。那些发明里有一些很一般，比如什么用木头刻珠子做滚珠轴承、用锅熬大粪做肥料等等，一点想象力都没有。但也有些很出色。比方说这一个：假设有一头猪，在一般饲养条件下每天只能长八两肉的话，本发明能让它长到一斤半，其法是用一斤花生油，加鸡蛋黄两个对它做肌肉注射。据说这样喂出的猪不光肥胖，肉质还十分细嫩。当时我就想到了这个发明虽好，但还不是尽善尽美。应该再打点酱油和料酒进去，使它不等挨刀子就变成一根巨大的广东香肠。说实在的，用这些发明擦了屁股，我感到痛心。当然，被用来擦屁股的不光是发明，还有别的东西。比方说，有好多油印本的诗选。五八年不但大家都在搞发明，而且人人都要写诗，参加赛诗会。我哥哥五八年上到了小学三年级，晚上饿得睡不着的时候，给我念过他作的诗：

共产主义，
来之不易。
要想早来，
大家努力。

他还告诉我说，到了共产主义，窝头上的眼就小了（窝头上的眼太大，吃了就不顶饿）。这首诗我还在油印诗选上找到了，注明了是附小三年级学生王某所作。我毫不犹豫地用我哥哥的作品当了手纸。我当时虽然只有六岁，也觉得这是歪诗。我只喜欢发明。我哥哥早就发现了我喜欢发明，他还断言我在这方面有惊人的才能。但是直到如今，我的这项才能还没得发挥。

谈过了共产主义的窝头之后，更觉得饿得受不了，于是我们俩就从家里溜出去，偷别人家地里的胡萝卜吃。嫩的胡萝卜不甜，所以一点都不好吃。从小到大，我就干过这一件坏事。而且这一件坏事我还交待过好几次。这可以说明我是多么的清白。

有关五八年的大发明和赛诗会，还有需要补充的地方。它不像我小时候想象的那样浪漫——比方说，当时的发明是有指标的，我们这所大学里每月必须提出三千项发明，作出三万首诗来。指标这种东西，是一切浪漫情调的死敌。假如有上级下达指标令我每周和老婆做爱三次的话，我就会把自己阉掉。假如把指标这件事去掉，大发明和赛诗会就非常好。只可惜它后来导致了大家都饿得要死。有一阵子大家又急于发明出止住饥饿的办法，我为此也想破了脑袋。

　　挨饿的时候我眼前是绿的，最幸福的时刻是在饭前，因为可以吃了。最不幸的时刻是在饭后，因为没有东西吃了。后来有一天（十二岁），忽然感到浑身上下不得劲，好像生了病，又好像变了另一个人。仔细想了想，才发现是因为我不饿了。吃饱了以后发明的欲望有所减退，但是我已经发明了很多东西，包括用火柴头做弹药的手枪、发射自行车辐条的弓弩等等。我用这些武器去行猎，不管打到了什么，就烧来吃。有一回吃了一个小刺猬，长了一身红斑狼疮似的过敏疙瘩。为此又挨了我爸爸一阵好打。

七

　　小时候我觉得自己出生的时辰不好，将来准会三灾六难不断。

虽然这不像个孩子的想法，但是事实就是这样的。有关这一点我有好多可以补充的地方。在这部小说开始的时候，我把自己称为王二，不动声色地开始讲述，讲到一个地方，不免就要改变口吻，用第一人称来讲述。有一件事使我不得不如此。小时候我跑到学校的操场上，看到了一片紫色的天空，这件事我也可以用第三人称讲述，直到我划破了胳膊为止。这是因为第三人称含有虚拟的成分，而我手臂上至今留有一道伤疤。讲到了划破了胳臂，虚拟就结束了。

六岁时我划破了胳膊，就一面嚎哭，一面想道：真倒霉！还不知有什么灾难在等着我。现在我打桥牌时也是这样的，每次看牌之前，总要念叨一句：还不知是什么臭牌！要是在打比赛，对手就连连摇头。但是这件事不说明我不是绅士，只能说明我是个不可救药的悲观主义者。二十二岁时，我在豆腐厂里被老鲁追得到处奔逃，也有过这类的想法。和我上一个班的毡巴可以做证，当时我就老对他说：我还得倒霉，因为福无双至，祸不单行。果不其然，过了没几天，我就把毡巴揍了一顿，把他肋骨尖上的软骨都打断了。

毡巴这家伙长得白白净净的，虽然比我高半头，但是一点力气也没有。眼睛大得像蜻蜓，溜肩膀，漏斗胸，嗓音虽然低沉，却是个娘娘腔。他的男根是童稚型，包茎。这家伙的一切我都了若指掌，是因为我们俩常一路到酒厂洗澡，我后来打了他和洗澡也有关系。我从来没有想象到会有一天要揍他一顿，这是因为他是我在厂里唯一的哥们儿，揍了他别人会怎么看我呢？但是因为流年不利，不该发生的事也发生了。

王二打毡巴的事是这样的：前一天下午，别人来接班时他对毡巴说：毡，咱们到酒厂洗澡去，你拿着肥皂。毡巴没有吭气，只是拿了肥皂跟上来。这使他想起来这家伙今天没大说话，这件事十分可疑。到了酒厂浴室的更衣室，脱完了衣服，毡巴又让他先进去。因此他进了浴池后，马上又转回来，看到毡巴把手伸到他上衣的兜里，先摸了左面的兜，又摸了右面的兜，还从里面掏出一根半截的烟来。这使他马上想到了毡巴在兜里找炭条哪。讲到了这里，我就不能把自己称作王二，这是因为当时有一种感觉，不用第一人称就不足以表述。据我所知，一万个人里顶多有一个会在六岁时把小臂完全割破，同理，一万个人也只会有一个被人疑为作了反革命淫画，遭到搜查口袋的待遇。这种万里挑一的感觉就像是中了大彩。那种感觉就像有一试管的冰水，正从头顶某个穴位灌进脑子来。

当然，搜我是领导上的布置——搜查可疑分子的衣兜，寻找画了反革命淫画的炭条——但是也轮不到毡巴来搜我的兜。当时我就很气愤，但还没有想到要揍。后来在浴池里，看着他的裸体，忽然又觉得不揍他不成。第二天他又掏我的兜，这时我已经把怎么揍他完全想好了。本来可以揍到他哑口无言，谁想手头失准，居然打出了 X 光照得出的伤害，这一下又落到理亏的地步了。但这不是故意的，我小时候和人打架回回要敲打对方的肋下，从来没打断过什么，假如我知道会把他肋骨打断，绝不会往那里打。

我们厂里出了那些画之后，老鲁大叫大嚷，给公安局打电话，叫他们来破案。公安局推到派出所，派出所派个警察来看了一下，说应该由你们本单位来解决。最后公司保卫科来了一个衣服上满是油渍的老刘，脸上红扑扑的满是酒意，手持本世纪四十年代大量生产的蔡司相机，进到厕所里照了一张相，消耗了一个小孩拳头大小的闪光灯泡。那个灯泡用以前里面塞满了烂纸一样的镁箔，闪了以后，就变得白而不透明，好像白内障的眼球。但是后来要相片却没有，因为拍照时忘了放底片。让他补拍也不可能，因为那是最后一颗闪光灯泡，再也没有了，想买也买不到。这很显然是没把老鲁的事当真事办。这位老刘我也认识，照我看他是个不折不扣的坏蛋，和我不同的是他一辈子没出过事。老鲁很生气，自己来破这个案子，召集全厂的好人（党团员，积极分子）开会。我想他们的第一个步骤，就是找王二犯案的真凭实据。毡巴这家伙，也是与会者之一。

有关那些画的事，还有一些可以补充的地方。假设你是老鲁吧，生活在那个乏味的时代，每天除了一件中式棉袄和毡面毛窝没有什么可穿的，除了提着一个人造革的黑包去开会没有什么可干的，当然也会烦得要命。现在男厕所里出了这些画，使她成为注意的中心，她当然要感到振奋，想要有所作为。这些我都能够理解。我所不能理解的，只是她为什么要选我当牺牲品。现在我想，可能是因为我总穿黑皮衣服，或者是因为我想当画家。不管是因为什么吧，反正我看上去就不像是好人，这一点是毋庸置疑的了。

八

有关我不像好人，以下这件事可以证明：后来我到美国去留学时，在餐馆里打工端盘子，有几个怪里怪气的洋妞老到我桌上来吃饭，小费给得特别多。除此之外，还讲些我听不懂的话。又过了些日子，老板就不让在前台干了，让我到后面刷盘子。他还说，不关他的事，是别的客人对他说我这样子有伤风化。其实我除了脸相有点凶，好穿黑皮衣服之外，别无毛病。而穿黑皮是我自幼的积习，我无非是图它耐脏经磨，根本就不是要挑逗谁。但是假如我是好人的话，就不会穿黑皮衣服，不管它是多么的经脏耐磨。

我揍毡巴之前，先揪住他的领子狂吼了两三分钟"有贼"，把浴池里的人全叫了出来。当时我精赤条条，身上还有肥皂沫。毡巴又羞又气，而且挣不开，不由自主地打了我几巴掌。这件事完全在我的算计之内，因为打架这件事在任何时候都是谁先动手谁没理的。等到大家都看清他先打我了以后，我才开始揍他。当时毡巴把衣服脱了一半，上身还穿着毛衣，下半截穿着中间有口的棉毛裤，从那个口里露出他那半截童稚型的阴茎，好像猫嘴里露出来的半截鱼肠子，远没有我这样什么都不穿的利索。动手之前我先瞄了他一眼，看见了这些，然后才开始打。第一拳就打在他右眼眶上，把那只眼睛打黑了。马上我就看出一只眼黑一只眼白不好看，出于好意又往左眼上打了一拳，把毡巴打得相当好看。有关这一点有些要补充的地方：第一，毡巴白皮肤，大眼睛；第二，他是双眼皮；最后，他是凹眼窝。总之，眼睛黑了以后益增妩媚。酒厂的师傅们都给我喝彩。当时我可能有点得意忘形了，忘记了打架这件事还是谁把别人打坏了谁理亏。当时我光着屁股，打得十分兴奋，处于勃起状态，那东西直翘翘的，好像个古代的司南（司南是指南针的前身，是漆盘里一把磁石调羹，勺把总是指着正南——而我这个司南指的却是毡巴）。后来他抱怨说：打我打得好得意——都直了！当然，这是出于误会。我有好多古希腊陶画的图片，画了一些裸体的赛跑者，可以证明人在猛烈运动时都要直。而揍毡巴就是一种剧烈的运动。这是因为肾上腺素水平升高，不含性的意味，更不能说明我是虐待狂。我也受了伤，右手发了腱鞘炎，不过这件事后来我没敢提，因为它是握成拳头往人家身上撞撞出的毛病。我把他打了一顿的结果是使他背上了个做贼的恶名——虽然他掏我的兜是领导分配的任务，但这是秘密工作（under cover），领导上绝不会承认自己曾派了人去搜职工的口袋；我也得了个心毒手狠的歹徒之名。照我看，这样的结果也算公平，我们俩可以尽释前嫌了，但是一上了班他就坐在工具箱上，一点活也不干，像受了强奸一样瞪着我。我被瞪急了之后，就说：毡巴，别光想你自己有理。你替我想想，我这个人大大咧咧的，万一哪天不小心把炭条放进衣兜里带到厂里来被你搜出来，不就完了吗！我不揍你成吗？这句话把他的话勾出来了。他抱怨说，我像流氓一样揍他，下的全是毒手。这就是说，他也承认我揍他是有道理的，只是不该打得这么狠。对此我也有道理可讲：其一，假如我兜里有炭条，被他搜了出来后果就不可想象，所以是他先下了毒手；其二，假如他比较有战斗力，我也不能把他揍成这样，所以这也怪他自己。于是我们俩争论了起来。在诡辩方面和在打架方面一样，他完全不是我的对手。争到了后来，他很没出息地哭了起来。

等到毡巴好了以后，眼睛上的青伤又过了好久才消散。那段时间他眼皮上好似带着黑色的花边，仔细看时，还能看出黑色的颗粒从眼窝深陷的地方发散出来。这段时间里，我常常久久地端详着我自己的杰作。不管怎么说，那是两片好看的东西。

毡巴这孩子很好学，上班时经常问我些问题，有时是几何题，有时是些典故，我都尽所能回答他。有一次他问我：什么叫"一个毡巴往里戳"，这可把我难倒了。我问他从哪儿看来的，他还不告诉我。后来我自己想了出来，准是《红楼梦》上看的！《红楼梦》

上的鸡巴是毛字边（乱耙——我甚怀疑是曹雪芹自造的字），他给认成毡巴了。从此我就管他叫毡巴、阿毡、小毡等等。有一天晚上我在短波上听了一支披头士的歌，第二天上班就按那个谱子唱了一天：毡毡毡毡毡毡毡。别人听见我管他叫毡巴，也就跟着叫。开头毡巴一听这名字就暴跳如雷，要和我拼命（当然这时他也明白了毡巴是什么意思），但是近不了我的身，都被我擒住手腕推开了。后来大家都管他叫毡巴，他也只好答应。从此他就再没有别的名字，就叫毡巴。谁想他就因此记恨了我，甚至参加到迫害我的阴谋里去。这说明他是个卑鄙小人。但是他不同意这个评价，并且反驳说，假如他叫我一声毡巴，我答应了，那他就承认自己是个卑鄙小人。我没和他做这试验，因为不管他是卑鄙小人也好，不是卑鄙小人也罢，反正我的麻烦已经染上身了。在这种情况下，我又何必去承认自己是毡巴呢？

　　我揍了毡巴一顿，把他打坏了，老鲁就打电话把警察叫来，让他们把我捉走。但是她说话时嗓门太大，样子太奇怪，反而使警方长了个心眼。他们不来捉我，先到医院去看毡巴。这一回毡巴表现出了男儿本色，告诉警察说，我们俩闹着玩，王二一下子失手把他弄伤了。他还说，我们俩是哥们儿，要是把我捉走了，他会很伤心。警察同志听完这些话，转身就回局里去，再怎么叫都不肯来了。但是这只能暂时保我平安无事，因为老鲁已经得了辞，每回开会都说：像王二这样一个流氓，打人凶手，下流货，我们为什么要包庇他？这样说来说去，豆腐的问题难以提到会议日程上来，大家都不胜其烦。另外，她毕竟是头头嘛，大家就开始恨我了。我听说厂里的领导们已经决定一有适当的机会就把我送出去，能送我劳改就劳改，能送我劳教就劳教，总之要叫我再也回不来。除此之外，所有的工人师傅也都不再同情我。以前午饭时我爬到厨房的天窗吊下饭票和饭盒，大师傅抢着给我上饭。老鲁嚷嚷说不给他饭吃，大师傅还敢回嘴：人是铁饭是钢，怎么能不让人家吃饭？现在就不成，人家不给我打饭，还说：你小子下来吧，躲得了初一躲不了十五哇！好在还有毡巴给我打饭，不然中午就只好挨饿了。这件事的真实含义是我的事犯了。生为一个坏蛋，假如一辈子不犯事的话，也可以乐享天年。假如犯了事，就如同性恋者得了艾滋病，很快就要完蛋。

大家都恨我，我不能恨大家，这种态度叫作反人类。我也不能恨老鲁，她是头头嘛。我就恨那个画了裸体女人，叫我背了黑锅的人，发誓说，只要逮着一定要揍他。但是连我都想不出他是谁来。毡巴说道，得了吧王二，你别装了。这儿就咱们两个人。这话说得我二二忽忽，几乎相信是我自己画了那些画，但我又记得自己没有梦游的毛病。再说，我家离厂里远得很，游也游不到这里。这个谜过了三年，也就是说，到了七七年才揭开。那一年我们厂有一个叫窝头的家伙考上了美术学院。这位窝头别人说他有三点叫人弄不清：一、他是男是女；二、他会不会说话；三、他

34

长没长黑眼珠——这是因为他太爱翻白眼了。怎么也想不到小小一个豆腐厂，除了我之外，居然还有人会画画，而且没有色盲。诧异之余，竟然忘了要揍他。

九

有关毡巴，我有好多可以补充的地方。我一直很爱他，这绝不是因为我是个同性恋者。我是个毛发很重的小个子，说起话来声音嘶哑，毡巴是个文质彬彬的瘦高个，讲话带一点厚重的鼻音。我想永远和他待在一起，但是这是不可能的事。后来无论到了什么地方，我都忘不了给他寄张明信片。比方说，在罗马的圣彼得大教堂门前，我就写了这么一张明信片：

亲爱的毡：

　　我到了罗马。下一站是奥地利。

王二

我这么干，是因为毡巴集邮。给他写信有一个特殊的困难：我老记不起他姓什么来。现在就又忘了，指不定什么时候才能再想起来。他当然不是姓詹。他掏我的口袋找炭条，绝不是为了密报给老鲁，而是另外有人指使。在这件事上，他有非常可以原谅的动机。但是他实在太可爱了，不能打。如果一个八十公斤的壮汉这样冒犯了我，我当然也会发火，但是怒气肯定在不致动手的范围之内，这是因为后者太不可爱了，不能打。

后来我回国以后，一见到毡巴，他就尖叫着朝我扑过来，想要掐我的脖子。都是因为我的明信片，大家又知道了他是毡巴。本来他拼死拼活考医学院，就是想离开豆腐厂，不再被人叫成毡巴。但是等他当了大夫，我又给他寄了这些明信片，把他的一切努力全破坏了。现在连刚出护校的小护士都管他叫毡大夫，真把他气死了。

假如让我画出毡巴，我就把他画成个不足月胎儿的模样，寿星老一样的额头，老鮎鱼一样的眼睛，睁不开，也闭不上，脖子上还有一块像腮一样的东西。手和脚的样子像青蛙，而且拳在一起伸不开。他的整个身子团在一起，还有一条尾巴，裹在一层透明的膜里。如果他现在不是这样，起码未出娘胎时是这样的。我一看见毡巴，就要想象他在娘胎里的模样。我喜欢他在娘胎里的模样，也喜欢他现在的模样。我爱他要直爱到死。

第二章

一

从美国回来以后，我到一个研究人工智能的研究所工作。这个所里有一半人是从文科改行过来的，学中文的，哲学的，等等。还有一半是学理科的，学数学的，学物理的，等等。这些人对人工智能的理解，除了它的缩写叫"AI"，就没有一点一致的地方。他们见了面就争论，我在一边一声不吭。如果他们来问我的意见，我就说：你们讲的都有道理，听了长学问。现在他们正在商量要把所名改掉，一伙人打算把所名改成"人类智慧研究所"，另一伙人打算把所名改成"高级智能研究所"，因为意见不一致，还没有改成。来征求我的意见，我就说：都好都好。其实我只勉强知道什么叫"AI"，一点都不知道什么叫"人类智慧"，更不知"高级智能"是什么东西。照我看来，它应该是些神奇的东西。而我早就知道，神奇的东西根本就不存在。但是这不妨碍我将来每天早上到叫智慧或者高级智能的研究所里上班，不动声色地坐在办公室里。这就叫玩深沉吧。但是一想到自己理应具有智慧，或者高级智能，心里就甚为麻烦。唯一能让我提起兴致的事是穿上工作服去帮资料室搬家。资料室总是不停地从一楼搬到五楼，再从五楼搬到一楼，每次都要两个星期。等忙完了又要搬家，所以就没见到它开过门。搬家时我奋勇当先，大汗淋漓，虽然每次都是白搬，但我丝毫不觉得受了愚弄。

别人朝王二猛一伸手的时候，他的右手会伸出去抓对方的手腕（不由自主），不管对方躲得有多快，这一抓百不失一。这是因为王二小时候和别人打架时太爱抓人家手腕子，而且打的架也太多了。现在王二不是小孩子了，没有人找王二打架，但是别人冷不防把手伸了过来，他还禁不住要去抓，不管是谁。他知道要是在沙特阿拉伯犯这种毛病，十之八九会被人把手砍掉，所以尽量克制，别犯这毛病。最近一次发作是三年前的事，当时王二在美国留学，没钱了到餐馆里去刷碗，有一位泰国 waitress 来拿盘子，拿了没刷好的一叠盘子。当时右手一下子就飞了出去，擒住人家的手腕子。虽然只过了十分之几秒王二就放开，告诉她这些还没弄好呢，拿别的吧，但是整个那一晚上泰国小姐都在朝王二搔首弄姿，下了班又要坐他的车回家。据一位熟识的女士告诉王二，这一拿快得根本看不到，而且好像带电，拿上了心头怦怦乱跳，半身发麻。小时候和王二一起玩的孩子各有各的毛病，有人喜欢掐别人的脖子，有的喜欢朝别人裆下踢，不知他们的毛病都好了没有。

在豆腐厂里，等到大家都觉得王二的事已经犯了时，他对自己也丧失了信心。倒是毡巴老给王二打气，说可以再想想办法。后来他又提出了具体的建议，让王二去找 × 海鹰。王二说他根本不知道有个 × 海鹰。他说，不对，这个人还到这里来过。这就更奇怪了，听名字像个女名，而磨豆浆的塔上从来没有女人来。后来毡巴一再提醒，王二才想起秋天有那么一天，是上来过一个女人，穿了一身旧军装，蹬一双胶靴，从他们叫作门的那个窟窿里爬了进来。到了冬天，他们就用棉布帘子把门堵起来。这间房子还有几个窟窿叫作窗子，上面堵了塑料布。房子中间有个高高的大水槽子，他们在里面泡豆子。除此之外，还有磨豆浆的磨、电动机等等应该有的东西。那一天王二倚着墙站着，两手夹在腋下，心里正在想事情，来了人眼睛看见了，心里却没看见。据毡巴说，王二常常犯这种毛病，两眼发直，呆若木鸡，说起话来所答非所问。比方说，他问王二，饸饹车间敵管子，你去呢还是我去？不管答谁都可以，王二却呜呜地叫唤。所以人家和王二说话，他答了些什么实在是个谜——他也不想知道谜底。她在屋里转了几圈，就走到王二身边来，伸手去按电闸。好在王二是发愣，没有睡着，一把把她拿住了。如果被她按动了电钮，结果一定很糟。这样螺旋提升机就会隆隆开动，大豆就会涌上来，倒进水槽，而毡巴正在槽底冲淤泥。那个水槽又窄又深，从里往外扒人不容易。其实王二在那里站着就是看电闸的，根本不该让该海鹰走近，出了这样的事他也有责任。但是这家伙只是板着脸对她说道：进了车间别乱动。然后把她放开了。与此同时，毡巴听见外面有响动，就大喊大叫：王二，你捣什么鬼？这可不是闹着玩的事啊！像王二这么个人，让人家把命托到他手上而且很放心原本就是不可能的事。她一听有麻烦，赶紧就溜了。因此王二就算见过她一面，但是人家长得什么样子都没大记住。只记得脸很一般，但是身材很好。后来他还对毡巴说过，有一种人，自以为是个××领导，到哪儿都乱按电闸。这种人就叫作"肚皮上拉口子，假充二×"。当然这些×都是指生殖器，一个×是女性生殖器，两个×是指男性生殖器。王二平日语言的风格，由此可见一斑。毡巴说，就是这个人，她是新分来的技术员，现在是团书记。他还说，像王二这种犯了错误的人就要赶紧靠拢组织才有出路。当时王二是二十二岁，正是该和共青团打交道的年龄。假如能列入共青团的帮助教育对象，就能不去劳改。最起码厂里在送王二走之前，还要等共青团宣布帮教无效。在这方面他还能帮王二一些忙，因为他在团支部里面还是个委员哪。王二想这不失为一个救命的办法，就让毡巴去替他问问。原本没抱什么希望，马上就有了回音。该海鹰爬到塔上来告诉王二说，欢迎王二投入组织的怀抱。从现在起，王二就是一名后进青年，每礼拜一三五下午应该去找她报到。从现在起他就可以自由下地去，她保证他的生命安全。她还说，本来厂里要送王二去学习班，被她坚决挡住。她说她有把握改造王二。她这一来，使王二如释重负。第一，现在总算有了一点活命的机会；第二，打了毡巴以后，他一直很内疚。现在他知道这家伙该打。如果不是他出卖王二，×海鹰怎么会知道王二因为受到老鲁的围困，在房顶上一个铁桶里尿尿呢。

第一次我去见×海鹰时，她就对我说：以后你不用再往铁桶里尿尿了。我马上就想到毡巴把我怎么尿尿的事告诉了×海鹰，而没有人告诉我她是怎么尿尿的。这叫我有了一种受了愚弄的感觉。事实上光知道我怎么尿尿还不足以愚弄我。但是假如她对我的一切都了若指掌，我对她一无所知，我最后还是免不了受愚弄。我这个人的毛病就在于一看到自己有受愚弄的可能性，就会觉得自己已经受了愚弄。

如果让我画出×海鹰，我就把她画成埃及墓葬里壁画上的模样，叉开脚，叉开手，像个绘图用的两脚规。这是因为她的相貌和古埃及的墓画人物十分相像。古埃及的人从来不画人的正面像，总是画侧面，全身，而且好像在行进。但是那些人走路时，迈哪边的腿时伸哪边的手，这种样子俗称拉顺。古埃及的人很可能就是这样走路的，所以那时候尼罗河畔到处都是拉顺的人。

二

　　我小的时候从家里跑出去，看到了一片紫红色的天空和种种奇怪的情景。后来有一阵子这些景象都不见了——不知它是飞上天了，还是沉到地下去了。没有了这些景象，就感到很悲伤。等到我长大了一点，像猴子一样喜欢往天上爬，像耗子一样爱打洞。是不是想要把那些不见了的情景找回来，我也说不准，只好请心理学家来分析了。秋天家里挖白菜窖，我常常把铁锹拿走，拿到学校的苗圃后面去挖自己的秘窟。但是这些秘窟后来都成了野孩子们屙野屎的地方，而我是颇有一点洁癖的，别人屙过屎的洞子我就不要了。所以我总是在掩藏洞口方面搜索枯肠，每个洞子都打不太深。而往天上爬就比较方便，因为很少有人有本事把屎屙上天。我在这方面取得了很大成功，整个校园的孩子都承认王二在爬墙上树方面举世无匹。但是不管我上天还是入地，都不能找回六岁时体验到的那种狂喜。

　　我小时候，我们院的一个角落里有一座小高炉，大概有七八米高吧，是个砖筒子。我想它身上原来还有些别的设备，但是后来都没了。到了我八九岁时，它就剩了写在上面的一条标语：小高炉一定要恢复。想来是某位大学生为了表示堂吉诃德式的决心而写上去的。这条标语给了我一点希望，觉得只要能钻到里面去，就能发现点什么。可惜的是有人用树墩子把炉门口堵上了。假如我能够把它挪开，就能够钻进去。遗憾的是我没有那么大的劲。试了又试，就像蚍蜉撼大树一样。而爬上七八米的高墙，也不是我力所能及。我拼了老命也只能爬到三四米高的地方，后来越爬越低，那是因为吃不饱饭，体力不肯随年龄增长。

我觉得那堵墙高不可测，仿佛永远爬不过去。这就是土高炉那个砖筒子——虽然它只围了几平方米的地方，但我觉得里面有一个神奇的世界，假如我能看见它，就能够解开胸中的一切谜。其实我不缺少攀登的技巧，只是缺少耐力，经常爬到离筒口只有一臂的距离时力尽滑落，砖头把我胸口的皮通通磨破，疼得简直要发疯。在我看来，世界上的一切痛苦都不能与之相比。但是我还是想爬过那堵墙。有一天，我哥哥看见我在做这种徒劳的努力，问我要干什么。我说想到里面看看。他先哈哈大笑了半天，然后就一脚把挡着炉门的树墩子蹬开，让我进去看。里面有个乱砖堆，砖上还有不少野屎。这说明在我之前已经有不少人进去了。虽然有确凿的证据说明在这个炉筒里什么都没有，但是我仍然相信假如不是我哥哥踢开了挡门的树桩，而是我自己爬了进去，情况就会有所不同。所以等我出了那个炉筒子，又要求他把那个树墩子挪回到原来的地方。小时候我爬高炉壁的事就是这样。

我爬炉筒时，大概是九岁到十一二岁。到了四十岁上，我发现后来我干任何事情都没有了那股百折不挠的决心；而且我后来干的任何事都不像那件那样愚不可及。爬炉筒子没有一点好处，只能带来刻骨铭心的痛苦，但我还是要爬。这大概是说明你干的事越傻，决心就会越大吧。这也说明我喜欢自己愚弄自己，却不喜欢被别人愚弄。

三

后来王二就常常到 × 海鹰的办公室去，坐在她办公桌前的椅子上。他感觉自己在那里像一只被牢牢粘住了的苍蝇。她问王二一些话，有时候他老实答复，有时候就只顾胡思乱想，忘了回答她。这样做的原因之一是王二在那里磨屁股——磨屁股的滋味大家都不陌生吧，下面一磨，上面就要失魂落魄，这是天性使然。另一个原因是王二患了痔疮，屁股底下很疼。过去狄德罗得了中耳炎，就用胡思乱想的办法止疼。当然，这个办法很过时，当时时兴的是学一段毛主席语录。但是他想到自己疼痛的部位几乎就在屁眼里，就觉得用毛主席语录止疼是一种亵渎。除此之外，他对这种疗法从根上就不大相信。当王二发愣时，既不是故作清高，也不是存心抗拒。发愣就是发愣。但是这一点对 × 海鹰很难解释清楚。王二在她办公室里，一坐就是一下午，一声也不吭，只是瞪着她的脸看。影影绰绰听她说过让他坦白自己做过的坏事，还威胁说要送他去学习班。后来见王二全无反应，又问他到底脑子里想些什么。所得到的只是喉咙一阵阵低沉的喉音。说实在的，这是思想战线的工作者们遇到的最大难题。你说破了嘴皮，对方一言不发，怎么能知道说进去没说进去？所以最好在每个人头顶上装一台大屏幕彩色电视，再把电极植入他的脑神经，把他心里想的全在顶上显示出来，这就一目了然了。×海鹰肤色黝黑，王二瞪着她的脸时，心里想的是：像这样的脸，怎么画别人才知道我画的不是个黑人呢？假如她从王二头顶上看见了这个，一定猛扑过来大打凿栗。

　　×海鹰的办公室是个小小的东厢房，地上铺着已经磨损了的方砖。坐在这间房子里，你可以看见方形的柱子，以及另一间房子的墙角，半截房檐，这说明这间房子的前身不是房子，而是长廊的一部分。在豆腐厂里，不但有长廊、花厅的遗迹，还能找到被煤球埋了一半的太湖石。作为一所会馆，这个院子真神气。王二只知道它是一所会馆，却不知是哪一省的会馆。以下是他想到的候选省：安徽，谁都知道安徽过去出盐商，盐商最有钱；山西，老西子办了好多钱庄当铺；或者是松江府，松江府出状元；甚至可能是云南省，因为云南出烟土，可以拿卖大烟的钱盖会馆——当然，这得是鸦片战争后的事。当×海鹰对王二讲革命道理时，这些乌七八糟的念头在他心里一一掠过。后来王二当了大学生、研究生，直到最近当上了讲师、副教授，还是经常被按在椅子上接受帮助教育，那时脑子也是这样的翻翻滚滚。假如头顶上有彩色电视，气死的就不只是一个×海鹰，还有党委书记、院长、主任等等，其中包括不少名人。

后来这位海鹰不再给王二讲大道理，换了一种口吻说：你总得交待点什么，要不然我怎么给你写"帮教"材料？这种话很能往王二心里去，因为它合情合理。在那个时候，不论是奖励先进，还是帮助后进，只要是树立一个典型，就要编出一个故事。像王二这种情形，需要这么一个故事：他原来是多么的坏，坏到了打聋子骂哑巴扒绝户坟的地步。在团组织的帮助下变好了，从一只黑老鸦变成了白鸽子，从坏蛋变成了好人。王二现在打了毡巴，落入了困境，人家是在帮他——这就是说，他得帮助编这故事，首先说说王二原先是多么坏。但是他什么也想不出来。被逼无奈时，交待过小时候偷过邻居家的胡萝卜。这使她如获至宝，伏案疾书时，还大声唱道："小——时——候——偷——过——邻——居——家——东——西！"写完了再问王二，他又一声不吭了。

四

这件事显然又是我的故事。×海鹰当然有名有姓，但是我觉得还是隐去为好。她像所有的女人一样言而无信。说好了保证我在地面上的生命安全，但是老鲁还是要咬我。等我向她投诉时，她却说：天要下雨，娘要嫁人，我怎么管得了。她还说，你自己多加点注意，万一被追得走投无路，就往男厕所里跑，鲁师傅未必敢追进去（这是个馊主意，厕所只有一个门，跑进去会被堵在里面，在兵法上叫作绝地）。说完了她往椅子上一倒，哈哈大笑，把抽屉乱踢一气。除此之外，她还给老鲁出主意，让她在抓我之前不要先盯住某个地方，等到扑近了身再拿主意。老鲁得了这样的指点，扑过来时目光闪烁不定，十分的难防。这件事说明 × 海鹰根本就没有站在我一方。由于老鲁经常逮我，她的身体素质越来越好，速度越来越快，原来有喘病，后来也好了。最后她终于揪住了我的领子。所幸我早有防备，那个领子是一张白纸画的，揪走了我也不心疼。

我老婆后来对我说，我最大的毛病还不是突然伸手抓人，也不是好做白日梦，而是多疑。这一点我也承认。假如我不多疑，怎么会平白无故疑到毡巴会掏我口袋，以致后来打了他一顿。但是有时我觉得自己还疑得不够，比方说，怎么就没疑到毡巴掏我口袋是 × 海鹰指使的。这件事很容易想到，毡巴虽然溜肩膀，娘娘腔，但是正如老外说的：A man is a man，怎么也不至于和老鲁站到一边。但 × 海鹰就不一样了。她后来当了毡巴夫人，完全可以在嫁给他前七年教唆他道：摸摸王二的口袋，看看到底是不是他干的。只要不把我卖给老鲁，毡巴完全可以把我卖给别人。但是这孩子也有可爱的一面，答应了这种事后忐忑不安，被我看出来挨了一顿老拳。这样对他有好处，免得他日后想起来内疚。这样对 × 海鹰也有好处，可以提醒她少出点坏主意。只是对我没有好处。我也没疑到这个娘们会在日记里写道：王二这家伙老老实实来听训了。这件事好玩得要命！我只知道她去和老鲁说了：那些画肯定不是王二画的，毡巴可以做证。因此我很感激她。其实这一点有眼睛的人都能看出来：我困在房顶上下不来时，那些画还继续出现在厕所里。但她还是要抓我，主要是因为闲着没有事干。

我说过，老鲁揪住我的领子时，那个领子是白纸画的。我轻轻一挣就把它撕成了两段，就如断尾的壁虎一样逃走了。当时我非常得意，笑出声来。而老鲁气得要发疯，嘴角流出了白沫。但这只是事情的一面。事情的另一面是我找着了一块铜版纸，画那条领子时，心里伤心得要命，甚至还流了眼泪。这很容易理解，我想要当画家，是想要把我的画挂进世界著名画廊，而不是给自己画领子。领子画得再好又有什么用？我说这些事，是要证明自己不是个二百五，只要能用假领子骗过老鲁，得意一时就满足了。我还在忧虑自己会有什么样的前途。而老鲁也不是个只想活撕了我的人。每个人都不是只有一面。

以下事情可以证明老鲁并不是非要把我撕碎不可：前几天在电车上，有个慈眉善目的老太太叫我的名字，她就是老鲁。她还对我说，有一阵子火气特别大，压也压不住，有些事干得不对头，让我别往心里去。我对她说，我在美国把弗洛伊德全集看了一遍，这些事早就明白了，您那时是性欲受到了压抑，假如多和您丈夫做几次爱，火气就能压住。满电车的人听了这话都往这边看，她也没动手撕我，只说了一句：瞎说什么呀！

×海鹰背地里搞了我好多鬼，但是厂里要送我上学习班的事却不是搞鬼。当时的确有这么个学习班，由警察带队，各街道各工厂都把坏孩子送去。有关这个学习班，有好多故事。其中之一是说，在一个月黑风高的夜晚，离我们不远的村里，有一只狗叫了几声就不叫了。狗主一手拿了棍子，另一手拿手电出去看，只见有几个人用绳子套住狗脖子拖着走。那人喝道：

什么人？

学习班的。

什么学习班？

流氓学习班！

于是狗主转身就逃，手电木棍全扔下不要。还有一个故事说，学习班里什么都不学，只学看瓜。领班的警察说：把张三看起来！所有的人就一起扑过去，把张三看了。要是说看李四，就把李四看了。所谓看瓜，就是把被看者裤子扒下来，把头塞进裤裆。假如你以为人民警察不会这么无聊，讲故事的人就说，好警察局里还留着执勤哪，去的都是些吊儿郎当的警察。我想起这件事，心里就很怕。假如我去了学习班，被人看了瓜，马上自杀肯定是小题大做。要是不自杀，难道被人看了就算了吗？对我来说，唯一的出路就是不去学习班。但是我去不去学习班，却是 × 海鹰说了算。

有关我多疑的事，还有些要补充的地方。后来 × 海鹰老对我说些古怪的话，比方说：我肚皮上可没割口子！或者是：你的意思是我肚皮上割了口子？甚至是：你看好了，我肚皮上有没有口子？每回说完了，就哈哈大笑，不管眼前有没有办公桌，都要往前乱踢一阵。听了这样没头没脑的话，心里难免要狐疑一阵。但是我从来不敢接茬，只是在心里希望她不是那个意思。我实在不敢相信毡巴能把那个下流笑话告诉她。

五

等我长大以后，对我小时候的这些事感到困惑不已。我能够以百折不挠的决心去爬一堵墙，能够做出各种古怪发明，但我对自己身边的事却毫无警觉，还差点被送到了看瓜的地方去。这到底说明了我是特别聪明，还是说明我特别笨，实在是个不解之谜。

有关我受"帮教"的事，必须补充说明一句：当时是在革命时期。革命的意思就是说，有些人莫名其妙地就会成了牺牲品，正如王母娘娘从天上倒马桶，指不定会倒到谁头上；又如彩票开彩，指不定谁会中到。有关这一点，我们完全受得了。不管牺牲的人还是没有牺牲的人，都能受得了。革命时期就是这样的。在革命时期，我在公共汽车上见了老太太都不让座，恐怕她是个地主婆；而且三岁的孩子你也不敢得罪，恐怕他会上哪里告你一状。在革命时期我想象力异常丰富，老把老鲁的脑袋想成个尿壶，往里面撒尿。当然，扯到了这里，就离题太远了。除了天生一副坏蛋模样，毕竟我还犯了殴打毡巴的罪行，所以受帮教不算冤。虽然老鲁还一口咬定我画了她（这是双重的不白之冤——第一，画不是我画的而是窝头画的；第二，窝头画的也不是她。我们厂里见到那画的人都说："老鲁长这样？美死她！"算起来只有那个毛扎扎是她），而且还有 × 海鹰在挽救我。有时候我很感激 × 海鹰，就对她说："谢谢支书！"

本来该叫团支书，为了拍马屁，我把团字去了。她笑笑说："谢什么！不给出路的政策，不是无产阶级的政策！"

这句话是人民法官宣判人犯死刑缓期二年执行时常说的。虽然听了我总是免不了冒点冷汗，怀疑她到底和谁是一头，但也不觉得有什么好抱怨的：毕竟她是个团支书，我是个后进青年，我们中间的距离，比之法官和死刑犯虽然近一点，但属同一种性质。我谈了这么多，就是要说明一点：当年在豆腐厂里的那件事，起因虽然是窝头画裸体画，后来某人在上面添了毛扎扎，再后来老鲁要咬我，再后来我又打了毡巴，但是最后的结果却是我落到 × 海鹰手里了。而她拿我寻开心的事就是这样的。

我被老鲁追得上气不接下气，或者被 × 海鹰吓得魂不附体，就去找毡巴倾诉。因为我喜欢毡巴，毡巴自然就有义务听我唠叨。毡巴听了这些话，就替我去和×海鹰说，让她帮我想办法，还去找过公司里他的同学，让他们帮帮王二。其实毡巴对我的事早就烦透了，但也不得不管。这是因为他知道我喜欢他。×海鹰对我有什么话不找她，托毡巴转话也烦透了，她还讨厌毡巴讲话不得要领，车轱辘话讲来讲去。但是她也只好笑眯眯听着，因为她知道毡巴喜欢她。×海鹰也喜欢我，所以经常恐吓我。但是我什么都不知道，只是吓得要死。

六

在豆腐厂里受帮教，坐在×海鹰对面磨屁股，感到痔疮疼痛难当时，我想出好多古怪的发明来。每想好一个就禁不住微笑。×海鹰后来说，看我笑的鬼样子，真恨不得用细铅丝把我吊起来，再在脚心下面点起两根蜡烛，让我招出为什么要笑。她总觉得我一笑就是笑她。

假如我要笑她，可笑的事还是有的。比方说，她固执地要穿那件旧军衣。在那件旧军衣下面线绨的小棉袄上，有两大块油亮的痕迹，简直可以和大漆家具的光泽相比。像这样的事可能是值得一笑的，但是我在她面前笑不出。她是团支书，我是后进青年，不是一种人。不是一种人就笑不起来。我笑的时候，总是在笑自己。就是她把我吊起来，脚下点了蜡烛，我也只会连声惨叫，什么也招不出来。因为人总会不断冒出些怪想法，自己既无法控制，也不能解释。

在饥饿时期，我没发明出止住饥饿的方法，但是别人也没发明出来。倒是有人发明了炮制大米，使米饭接近果冻的方法（简称双蒸法），饭虽然多了，但是吃下去格外利尿。跑厕所是要消耗能量的，在缺少食物时，能量十分可贵，所以这方法并不好。事实上好多人吃双蒸饭导致了浮肿，甚至加快了死亡，但没人说双蒸饭不好，因为它是一件自己骗自己的事。我弟弟现在也长大了，没有色盲，学了舞台美术，和他的哥哥们一样喜欢发明，最近告诉我说，他发明了一种行为艺术，可以让人在世界上任何地方欣赏海上生明月的佳景，其法是取清水一盆，在月亮升起时蹲到盆后去。这两种发明实际上是一类的。作为一个数学系的毕业生，我是这样理解世界的：它可以是一个零维的空间，也可以是一个无限维的空间。你能吃饱饭，就进入了一维空间。你能避免磨屁股磨出痔疮，就进入了二维空间。你能够创造和发明，就进入了三维空间，由此你就可以进入无限维的空间，从而扭转乾坤。双蒸法和我弟弟的行为艺术，就是零维和一维空间里的发明。这些东西就如骡子的鸡巴——不是那么一回事。

在 × 海鹰面前坐着磨屁股时，我又想出好几种发明来，只可惜手头没有笔记本，没记下来就忘了。现在能想起的只有其中最严肃的一个：在厕所里男小便池上方安装叶轮，利用流体的冲击来发电。每想好一个，我就微笑起来。假如此时她正好抬头看见，就会嚷起来：笑什么？笑什么？告诉我！

同样是女人，对微笑的想法就不一样。比方说我老婆，我上研究生时，她是团委秘书，开大会时坐在主席台边上，发现台下第三排最边上有一黑面虬髯男子时时面露神秘微笑，就芳心荡漾。拿出座位表一查，原来是数学系的王二——知道姓名就好办了。当时已经到了一九八四年。我们听政治报告都是对号入座，谁的位子空了就扣谁的学分。假如能找到个卖冰棍的，我就让他替我去坐着，我替他卖冰棍。怎奈天一凉，卖冰棍的也不来了；所以她不但能看到我，而且能查到我，开始一个罗曼斯。

我老婆长得娇小玲珑，很可爱。她嘴里老是嚼着口香糖，一张嘴就是个大泡泡；不管见到谁，开口第一句话准是：吃糖不吃？然后就递过一把口香糖来。她告诉我说，别人笑起来都是从嘴角开始往上笑，我笑起来是从左往右笑，好像大饭店门口的转门，看起来怪诞得很。她说就是为了看我笑起来的样子才嫁给我的。对此我深表怀疑，因为我们俩干起来时，她总是嗷嗷叫唤，看起来也不像是假装的。所以说我们仅仅是微笑姻缘，这说法不大可信。

我知道自己有无端微笑的毛病，但是看不到笑起来是什么样子。这就好比一个人听不见自己的鼾声，看不到自己的痔疮。直到那一年我们到欧洲去玩，到了卢浮宫里才看到了。当时我们在二楼上，发现有一大堆人。人群中间有个法国肥女人，扯破了嗓子叫道："No flash! No flash！"但是一点用也不顶，好多傻瓜机还是乱闪一通。我老婆把身上背的挎包、兜里的零钱等等都给了我，伏身于地，从别人腿中间爬了进去。过了一会儿，就在里面叫了起来：王二，快来！这是你呀！后来我也在断气之前挤了进去，看到了蒙娜丽莎。这娘们笑起来的样子着实有点难拿，我也不知道怎么形容才好。简而言之，在意大利公共汽车上有人对你这么笑，就是有人在扒你的腰包；在英国的社交场合有人对你这么笑，就是你裤子中间的拉锁没拉好。虽然挤脱了身上好几颗扣子，但是我觉得值。因为这解了不少不解之谜。这种微笑挂在我脸上，某些时候讨人喜欢，某些时候很得罪人，尤其是让人家觉得该微笑是针对他的时候。举例言之，你是小学教师，每月只挣三十六块钱，还得加班加点给学生讲雷锋叔叔的故事。这时你手下那些小屁孩里有人居然对你面露蒙娜丽莎式的微笑，你心里是什么滋味？所以她就一定要逼我承认自己是猪，这件事我马上就要讲到。后来我冒了我爸爸的名字，给教育局写了一封信谈这件事，说到雷锋叔叔一辈子助人为乐做好事，假如知道了因为他的缘故，一个十二岁的孩子变成了一只猪，他的在天之灵一定要为之不安。我的老师因此又挨了教育局一顿批评。这些就是微笑惹出的事。

到现在我也时有禁不住微笑的事，结果是树敌很多。在评职称的会上这么笑起来，就是笑别人没水平；在分房子的会上笑起来，就是笑大家没房住，被逼得在一起乱撕乱咬。总而言之，因为这种微笑，我成了个恨人有、笑人无的家伙。为此我又想出了一种发明：把白金电极植入我的脸皮。一旦从生物电位测出我在微笑，就放出强脉冲，电得我口吐白沫，满地打滚。假如这项发明得以实现，世界上就再没有笑得招人讨厌的家伙，只是要多几位癫痫患者。

七

我上小学时，有阵子上完了六节课还不让回家，要加两节课外活动。课外活动又不让活动，让坐在那里磨屁股。好在小孩子血运旺盛，不容易得痔疮。上五年级时，我有这么一位女老师，长得又胖又高，乳房像西瓜，屁股像南瓜，眼睛瞪起来有广柑那么大，说起话来声如雷鸣。我对她很反感——这说明了为什么后来我娶了一个又瘦又小的女人当老婆——更何况放了学她不让回家，要加两节课外活动。所以她讲什么我都不听，代之以胡思乱想。忽然她把我叫了起来，先对我发了一阵牢骚，说她也想早回家，但是教育局让这么做政治思想教育，有什么办法等等——这些话对我太 adult 了。成人这个字眼，容易叫人想到光屁股，但是我指的是政治，是性质相反的东西——然后就向我提问：雷锋叔叔说，不是人活着是为了吃饭，而是吃饭是为了活着。你怎么看？我答道：活不活的没什么关系，一定要吃东西。老师当即宣布，咱们班上有人看上去和别人是一样的，但是却有猪的人生观。我们班上有四十多个孩子，被宣布为猪猡的只有我一个。像这样的事本来是我生活中的最大污点，不能告诉任何人的，但是被 × 海鹰逼急了，我也把这坦白出来了。她听了连忙伏案疾书：上小学时思想落后，受到老师批评。然后她又对我说：再坦白一件事，说完了就让你回家。但我真的什么也说不出来了，只有陪她磨到天黑时。

在帮教时间里我对 × 海鹰说：支书，我想谈点活思想。她赶紧把微笑拿到脸上，说道：欢迎活思想。我就说，我想知道在这里磨屁股有没有用。她又把脸一板，让我解释自己的措辞。我开始解释，首先说到"有没有用"的问题。举例来说是这样的：小时候老师问我雷锋叔叔的问题，我做了落后的回答。其实进步的回答我也会，但是我知道不能那么答。假设我答道：Of course，人吃饭是为了活着，难道还有其他答案吗？老师就会说：你这个东西，十回上课九回迟到，背地里骂老师，揪女同学的小辫子，居然思想比雷锋还好？这真叫屎壳郎打呵欠——怎么就张开您那张臭嘴了！与其在课堂上挨这份臭骂，不如承认自己是一只猪。像这样的账，我时时算得清清楚楚。说实在的，我学坏也不是一天两天的了。讲到了这个地步，× 海鹰还是不明白。她说，你的小学老师做工作的方法是有点简单粗暴。但这和现在的事有什么关系哪？

其实我问她的是：我在这里坦白交待等等，到底有没有用处？假如最后还是免不了去学习班，我宁愿早点去，早去早回来嘛。换言之，我的问题是这样的：所谓帮教，是不是个 Catch-22。费了好多唇舌才说清楚，×海鹰面露神秘微笑，说道：好！你说的我知道了。还有别的吗？

　　我说的这些话的含义就是：在革命时期里，我随时准备承认自己是一只猪，来换取安宁。其实×海鹰对这些话的意思并不理解。她的回答也是文不对题。当时我以为这种回答就是"你放心好了"，就开始谈第二个问题：磨屁股。这问题是这样的：我长得肩宽臀窄，坐在硬板凳上，局部压强很大。我没坐过办公室，缺少这方面的锻炼，再加上十男九痔，所以痔疮犯得很厉害。先是内痔，后是外痔，进而发展到了血栓痔，有点难以忍受。假如在这里磨屁股有用，我想请几天假去开刀。去掉了后顾之忧，就能在这里磨得更久。×海鹰听了哈哈大笑，说道：有病当然要去治了。但我要是你，就不歇病假。带病坚持工作是先进事迹，对你过关有好处。我听她都说到了搜集我的先进事迹，就觉得这是一个证据，说明她真的要挽救我，劲头就鼓了起来，决心带病流血磨屁股。

　　过了好久，×海鹰才告诉我说，我说起痔疮时，满脸惨笑，样子可爱极了。但是当时我一点也没有觉得自己可爱。后来我摆脱了后进青年的悲惨地位，但是厂里还觉得我是个捣蛋鬼，不能留在厂子里，就派我去挖防空洞。掘完了洞又派我去民兵小分队，和一帮坏小子一道，到公园绿地去抓午夜里野合的野鸳鸯，碰到以后，咳嗽一声，说道：穿上衣服，跟我们走！就带到办公室去让他们写检查。那时候他们脸上也带着可怜巴巴的微笑，看起来真是好玩极了。但是他们自己一定不觉得好玩。七六年秋天又逮到了一对，男的有四十多岁，穿了一件薄薄的呢子大衣，脸色就像有晚期肝癌。女孩子挺漂亮，穿了一套蓝布制服，里面衬了件红毛衣，脸色惨白。这一对一点也不苦笑，看上去也不好玩。问他们：你们干什么了？

答：干坏事了。

再问：干了多少次？

答：主席逝世后这一段就没断过。

说完了就大抖起来，好像在过电。当时正在国丧时期，而那一对的行为，正是哀恸过度的表现。我们互相看了看，每人脸上都是一脸苦笑，就对他们说：回家去吧，以后别出来了。从那以后就觉得上边让我们干的事都挺没劲的。这件事是要说明，在革命时期，总有人在戏弄人，有人在遭人戏弄。灰白色的面孔上罩着一层冷汗，在这上面又有一层皱皱巴巴、湿淋淋的惨笑，就是献给胜利者的贡品。我说起痔疮时就是这般模样，那些公园里野鸳鸯坦白时也是这般模样。假如没有这层惨笑，就变成了赤裸裸的野蛮，也就一点都不好玩了。

我现在谈到小时候割破了手臂，谈到挨饿，谈到自己曾被帮教，脸上还要露出惨笑。这种笑和在公园里做爱的野鸳鸯被捕获时的惨笑一模一样。在公园里做爱，十次里只有一次会被人逮到。所以这也是一种彩。不管这种彩和帮教有多大的区别，有一点是一样的，那就是笑起来的样子在没中彩的人看起来，都是同样可爱。

八

有关可爱，我还有些要补充的地方。在塔上上班时，我经常对毡巴倾诉情愫："毡巴，你真可爱！"他听了就说：我操你妈，你又要讨厌是吗？过不了多久，我就开始唱一支改了词的阿尔巴尼亚民歌：

你呀可爱的大毡巴，

打得眼青就更美丽。

不管什么歌，只要从我嘴里唱出来，就只能用凄厉二字来形容。毡巴不动声色地听着，冷不防抄起把扳子或者改锥就朝我扑来。不过你不要为我担心，我要是被他打到了，就不叫王二，他也不叫毡巴了。有一件事可以证明毡巴是爱我的——七八年我去考大学，发榜时毡巴天天守在传达室里。等到他拿到了我的录取通知书，就飞奔到塔上告诉我："师大数学系！你可算是要滚蛋了！！"并不是每一个人都有幸生为毡巴，并且有一个王二爱他爱到要死的，所以他也是中了一个大彩。有关可爱的事就是这样。以前我只知道毡巴可爱，等到 × 海鹰觉得我可爱之后，才知道可爱是多么大的灾难。

受帮教时我到 × 海鹰那里去，她总是笑嘻嘻地低着头，用一种奇怪的句式和我说话。比方说，我说道：支书，我来了。她就说：欢迎来，坐吧。如果我说：支书，我要坦白活思想。她就说：欢迎活思想，说吧。不管说什么，她总要先说欢迎。如果说她是在寻我的开心，她却是镇定如常，手里摆弄着一支圆珠笔。如果说她很正经，那些话又实在是七颠八倒。现在我才知道，当时她正在仔细地欣赏我的可爱之处。这件事我想一想都要发疯。

我在 × 海鹰那里受"帮教"时，又发生了一些事。那一年冬天，上级指示说要开展一个"强化社会治安运动"，各种宣判会开个没完。当然，这是要杀鸡儆猴。我就是这样的猴，所以每个会都要去。在市级的宣判会上，有些人被拉出去毙掉了。在区级的宣判会上，又有些人被押去劳改了。然后在公司一级的宣判会上，学习班的全体学员都在台上站着，开完了会，就把其中几个人送去劳教。最后还要开本厂的会。× 海鹰向我保证说，这只是批判会，批判的只是我殴打毡巴，没有别的事，不是宣判会，但我总不敢相信，而且以为就算这回不是宣判会，早晚也会变成宣判会。

后来我又告诉她说，我天性悲观，没准会当场哭出来。她说你要是能哭得出就尽管哭，这表示你有悔改之意，对你大有好处。所以那天开会时，我站在前面泪下如雨。好几位中年的女师傅都受不了，陪着我哭，还拿大毛巾给我擦眼泪；余下的人对毡巴怒目而视。刚散了会，毡巴就朝我猛扑过来，说我装丫挺的。他的意思是我又用奸计暗算了他，他想要打我一顿；但是他没有打我的胆量。毡巴最可爱的样子就是双拳紧握，作势欲扑，但是不敢真的扑过来。假如你身边有个人是这样的，你也会爱上他吧。

批判会就是这样的。老鲁很不满意，说是这个会没有打掉坏人的气焰。等到步出会场时，她忽然朝我猛扑过来。这一回四下全是人，没有逃跑的地方，我被她拦腰抱住了。对这种情况我早有预定方案，登时闭住了一口逆气，朝前直不楞登地倒了下去。等到他们把我翻过来，看到我双目紧闭，牙关紧咬，连气都没了。据目击者说，我不但脸色灰白，而且颧骨上还泛着死尸的绿色。慌忙间叫厂医小钱来，把我的脉，没有把着。用听诊器听我的心脏，也没听着（我感觉她听到我右胸上去了），取针刺我人中时，也不知是我脸皮绷得紧，还是她手抖，怎么扎也扎不进。所以赶紧抬我上三轮车，送到医院去。往上抬时，我硬得像刚从冷库里抬出来的一样。刚出了厂门，我就好了，活蹦乱跳。老鲁对我这种诡计很不满意，说道：下次王二再没了气，不送医院，直接送火葬场！

有关那个强化治安运动和那个帮助会，可以简要总结如下：那是革命时期里的一个事件。像那个时期的好多事件一样，结果是一部分人被杀掉，一部分人被关起来，一部分人遭管制——每天照常去上班，但是愁眉苦脸。像这样的事总是这样的层次分明。被管的人也许会被送去关起来，被关起来的人也许会被送去杀掉，任何事都可能发生，你要耐心等待。我的错误就在于人家还没有来杀，我就死掉了。

出了这些事后，×海鹰告诉我说：你就要完蛋了！再闹这么几出，我也救不了你，一定会被送到学习班去。我觉得这不像是吓唬我，内心十分恐惧，说道：你——你——你可得救救我，咱们和毡巴，关系都不错。在此之前，我不但不结巴，而且说话像日本人一样快。那一回犯了前结巴，到现在还没有好。现在我用两种办法克服结巴，一是在开口之前先在心里把预期要结巴的次数默念过去，这样虽然不结巴，却犯起了大喘气的毛病。还有一种办法是在说话以前在额头上猛击一掌，装作恍然大悟，或者打蚊子的样子，然后就不结巴了。但这种办法也不好，冬天没有蚊子，中午十二点人家问你吃饭了没有，你却要恍然大悟一下，岂不是像健忘症？最糟的是，我有时大喘气，有时健忘症，结果是现在的同事既不说我大喘气，也不说我健忘症。说我些什么，讲出来你也不信，但还是讲出来比较好：他们说我内心龌龊，城府极深，经常到领导面前打小报告，陷害忠良。但是像这样的事，我一件也没干过。这都是被 × 海鹰吓出的毛病。

而 × 海鹰对这一点非常得意，见人就说：我把王二吓成了大喘气！大家听了哈哈大笑。这种当众羞辱对我的口吃症毫无好处，只会使它越来越重。当然，我结巴也不能全怪 × 海鹰。领导上杀鸡儆猴，也起了很大的作用。看到宣判会上那些行将被押赴刑场的家伙，一个个披枷戴锁，五花大绑，还有好几个人押着，就是再会翻跟头也跑不掉。而被押去劳改的人，个个剃着大秃头，愁眉不展，抱怨爹娘为什么把他们生了出来。像这样的事，假如能避免，还是避免的好。所以我向 × 海鹰求救，声泪俱下，十分恳切。她告诉我说，我主要的毛病就是不乖，这年头不乖的人，不是服徒刑就是挨枪毙。我请教她，怎么才能显得乖。她告诉我说，第一条就是要去开会。这句话不如这样说：我要到会场上去磨屁股。

× 海鹰告诉毡巴说，王二这孩子真逗，又会画假领子，又会装死。但是我对这些话一无所知。当时我并不知道她在这样说我，知道了一定会掐死她。

九

不管你是谁，磨屁股你肯定不陌生。或者是有人把你按到了那个椅子上，单磨你的屁股，或者是一大群人一起磨，后一种情形叫作开会。总而言之，你根本不想坐在那里却不得不坐，这就叫磨屁股。我之所以是悲观主义者，和磨屁股有很大关系。以后你就会看到，我的屁股很不经磨。但是 × 海鹰叫我去开会，我不得不去。

革命时期的人总是和某种会议有关系。比方说，党员就是党的会议与会者的集合，团员就是团的会议与会者的集合，工人就是班组会和全厂大会与会者参加者的集合。过去我几乎什么会都不开，因为我既不是党员，又不是团员，我的班组就是我和毡巴两个人，开不起会来。至于全厂会，参加的人很多，少了我也看不出来，我就溜掉了，但是抱有这种态度的不是我一个人，所以最后就能看出来。有一阵子老鲁命令在开大会时把厂门锁上，但我极擅爬墙。后来她又开会时点名，缺席扣工资。我就叫毡巴在点名时替我答应一声。采取这些办法的也不只我一个人，所以开全厂会时，往往台下只有七八十人，点三百人的名字却个个有人应，少则一个人应，多则有七八个人应，全看个人的人缘好坏了。当然，老鲁也不是傻瓜。有一回点名时一伸手指住了毡巴喝道：你！那个大眼睛的瘦高个！你又是毡巴，又是王二，又是张三，又是李四，你到底叫什么？毡巴瞪着大眼睛想了好半天，答道：我也不知道自己叫什么！开会的情形就是这样的。

等到受"帮教"以后，× 海鹰叫我多去开会，不但要开全厂会，而且要去开团会，坐在团员后面受受教育。假如我到了流氓学习班也得开会，现在能留在厂里，开点会还不该吗？只是她要求我在开会时不准发愣，这就有点强人所难。所以我开会时总是泡一大缸子茶（放一两茶叶末），带上好几包劣质香烟前往。那些烟里烟梗子多极了，假如不用手指仔细揉松就吸不着火，揉松吸着后就不能低头，一低头烟的内容物就会全部滑落在地，只剩一筒空纸管在你嘴上。叼上一支烟能使我保持正襟危坐的姿势，没有别的作用，因为我当时没有烟瘾，根本不往肺里吸。等到它燃近嘴唇，烟雾熏眼时，我就猛吹一口，把烟火头从烟纸里发射出去。开头是往没人的地方乱吹，后来就练习射击苍蝇，逐渐达到了百发百中的境界。这件事掌握了诀窍也不太难，只要耐心等到苍蝇飞近，等到它在空中悬停时，瞄准它两眼中间开火就是了。但是在外行人看来简直是神乎其技。一只苍蝇正在飞着，忽然火花飞溅，它就掉在地上翻翻滚滚，这景象看上去也蛮刺激。后来就有些团员往我身边坐，管我要烟，请教射击苍蝇的技巧；再后来会场上就"噗噗"声不断，烟火头飞舞，正如暗夜中的流星。终于有个笨蛋把烟头吹到了棉门帘上，差点引起火灾。最后×海鹰就不叫我去开会了，她还说我是朽木不可雕。有关这件事，我现在有看法如下：既然人饿了就要吃饭，渴了就要喝水，到了一定岁数就想性交，上了会场就要发呆，同属万般无奈；所以吃饭喝水性交和发呆，都属天赋人权的范畴。假如人犯了错误，可以用别的方法来惩办，却不能令他不发呆。如其不然，就会引起火灾。

假如让我画磨屁股，我就画一张太师椅，椅面光洁如镜，上面画一张人脸，就如倒影一样。椅子总是越磨越光，但是屁股却不是这样。我的屁股上有两片地方粗糙如砂纸，我老婆发现以后就到处去张扬："我们家王二屁股像鲨鱼。"其实像我这种岁数的男人，谁的屁股不是这样。

十

×海鹰不让我去开会，但也不肯放我回家，叫我在她办公室里坐着。这样别人磨了多少屁股，我也磨了多少屁股，显得比较乖。除此之外，她还把门从外面锁上了。据她说，这样有两个好处：一是防止老鲁冲进来，二是我被囚禁在这里时，男厕所里出现了什么画就和我没有关系。我觉得把我关起来是为我好，也就没有异议。那间房子里除了一张办公桌，一把椅子，一个凳子，还有一道帘子，帘子后面是一张床。×海鹰家住得很远，平时她就在厂里睡觉。那间房子外面钉了纱窗，相当的严密。有一次我内急，就解下她挂帘子的绳子，抛过房梁，攀着爬出天窗跑掉了。那绳子是尼龙绳，又细又硬，把我的手心都勒坏了。×海鹰知道我跑掉了，也没说什么，只是把挂帘子的绳子换成了细铅丝。再以后我没有往外跑过，只是坐在凳子上，用双手抱住脑袋。这样磨来磨去，我就得了痔疮。

　　我被锁在 × 海鹰屋里时，总爱往窗外看。看别人从窗外走过，看院子里大树光秃秃的枝条。其实窗外没有什么好看，而且我刚从窗外进来。但是被关起来这件事就意味着急于出去，正如磨屁股就意味着急于站起来走走。这些被迫的事总是在我脑子里输入一个相反的信号。脑子里这样的信号多了，人也就变得痴痴呆呆的了。

第三章

一

冬天将尽时，我告诉 × 海鹰这样一件事：六六年的盛夏时节，当时"文化革命"刚闹起来。我在校园里遛弯时，看到我爸爸被一伙大学生押着游街。他大概算个反动学术权威吧。他身上穿了一件旧中山服，头上戴了一顶纸糊的高帽子——那帽子一眼就能看出是以小号字纸篓为胎糊的；手里拿着根棍子，敲着一个铁簸箕；当时游街的是一队人，他既不是走在第一个，也不是走在最后一个；时间大概是下午三点钟；天气是薄云遮日。总而言之，我见到他以后，就朝他笑了笑。回家以后他就把我狠揍了一顿，练拳击的打沙袋也没那么狠。虽然我一再解释说，我笑不是什么坏意思，但是不管什么用。当时我气得咬牙切齿，发誓要恨他一辈子。但是事后冷静想了一下，又把誓言撤销了。

从我记事以来，我爸爸就是个秃脑壳，脑袋很大。在"文化革命"里他不算倒霉，总共就被斗了一回，游了一回街，也不知怎么这么寸，就被我看见了。此后他对我就一点也不理解了。比方说，在我十五岁时，他说：这孩子这么点岁数，怎么就长络腮胡子？我在家里笑一声，他也要大发感慨：这叫什么动静？像日本鬼子打枪一样！不过我的外表是有点怪：没有到塞外吹过风，脸就像张砂纸；没干过什么重活，手就硬得像铁板一样。不过这些事就扯得太远了。我爸爸把我狠揍了一顿以后，我开头决定要恨他，后来一想：他是我爸爸，我吃他喝他，怎么能恨他？如果要恨那些大学生，人家又没有揍我，怎能恨人家。从那天以后，我没恨过任何人。后来在豆腐厂里，虽然想过要恨画了裸体画给我带来无数麻烦的家伙，但我不知道他是谁。等到知道他是窝头后，就一点也恨不起来了。

　　我告诉×海鹰说，我很爱我爸爸。理由除了从小到大他一直供养我之外，还有从小到大他每天都打我。这对我好处很大，因为我们打架时总以把对方打哭了为胜。而我从来就不会被人打哭，好像练过铁布衫金钟罩一样。据我所知，练横练功夫必须用砖头木棍往自己身上拍打。我爸爸来打我，就省了我的拍打功夫了。因为我是这样的爱他，所以老盼着他掉到土坑里去，然后由我把他救出来。这时候我还要数落他一顿。受帮教的时候，我也总盼着×海鹰有一天会掉进土坑，然后我好把她救出来。但是这两位走路都很小心，从来不往沟里走，辜负了我的一片好心。

帮教时，我告诉×海鹰我爸爸的事，她听了以后皱皱眉，没有说话，大概觉得这些事情不重要。其实这些话是很重要的。对于不能恨的人，我只能用爱来化解仇恨。我爱上她了。

有关我爱上×海鹰的事，必须补充如下：这种爱和爱毡巴的爱大不相同。毡巴这家伙，见了我总是气急败坏，但又对我无可奈何，这个样子无比的可爱，对我来说他简直是个快乐的源泉。而×海鹰对我来说就是个痛苦的源泉，我总是盼她掉进土坑。尽管如此，×海鹰还是让我魂梦系之。人活在世界上，快乐和痛苦本就分不清。所以我只求它货真价实。

一九七四年的一月到五月，我在豆腐厂那间小办公室里和×海鹰扯东扯西，心里恨她恨得要死。这种恨用弗洛伊德的话来说，又叫作爱恨交集，与日俱深。后来我既不恨她，也不爱她，大家各过各的，但那是以后的事了。

我告诉×海鹰，从六七年春天开始，我长大的校园里有好多大喇叭在哇哇地叫唤，所有的人都在互相攻击，争执不休，动口不动手，挺没劲的。但是过了不久，他们就掐起来了。对于非北京出生的读者必须稍加解释：蛐蛐斗架谓之掐。始而摩翅作声，进而摩须挑衅，最后就咬作一团，他们掐了起来，从挥舞拳头开始一个文明史。起初那些大学生像原始人一样厮打，这时我的结论是世界的本质是拳头，我必须改进自己的格斗技术；后来他们就满地拣石头。到了秋季，我估计兵器水平达到了古罗马的程度：有铠甲，有刀枪，有投石器，有工事和塔楼。就在这时我作为一个工程师参加了进去，这是因为我看到有一派的兵工水平太差了。他们的铠甲就是身前身后各挂一块三合板，上面贴了一张毛主席像，上阵时就像一批王八人立了起来。至于手上的长枪更加不像话，乃是一根铁管子，头上用手锯斜锯了一道，弄得像个鹅毛笔的样子，他们管它叫"拿起笔做刀枪"，他们就这样一批批地开上前线，而对方手使锋利的长枪，瞄准他们胸前的毛主席的人中或者印堂轻轻一扎，就把他们扎死了。这真叫人看不过去，我就跑了去，教他们锻造盔甲，用校工厂里的车刀磨制矛尖。那种车刀是硬质合金做的，磨出的长矛锋利无比，不管对方穿什么甲，只要轻轻一扎，就是透心凉。不用我说，你就知道他们是些学文科的学生，否则用不着请一个中学生当工程师。但是我帮他们忙也就是两个月，因为他们的斗争入冬就进行到了火器时代，白天跑到武装部抢枪，晚上互相射击。在这个阶段他们还想请我参加，但是我知道参加了也只是个小角色，就回家去了。在我看来造枪并不难，难在造弹药上，我需要找几本化学书来看看，提高修养。再后来的事大家都知道，到了冬天快结束上面就不让他们打了，因为上面也觉得他们进化得太快，再不制止就要互掷原子弹，把北京城炸成平地。在此之前我的确想过要看点核物理方面的书，以便跟上形势。后来我又决定不看这方面的书，因为我不大喜欢物理学，觉得知道个大概就可以了，真正有趣的是数学。我对科学感兴趣的事就是这样的。

我告诉 × 海鹰这些事时，冬天将尽，外面吹的风已经带有暖意。假如以春暖花开为一年之计的话，眼看又过了一年。眼前的帮教还遥遥无止期。我觉得这一辈子就要在这间办公室里度过了。在这种时候谈起小时候的事，带有一点悲凉的意味。

除了科学，我对看人家打架也有兴趣。六七年夏天在我住的地方发生过好多场动矛枪的武斗。当时我想看，又怕谁会顺手扎我一枪，所以就爬到了树上。其实没有谁要扎我，别人经过时，只是问一声：小孩，那边的人在哪里？我就手搭凉棚到处看看，然后说：图书馆那边好像藏了一疙瘩。人家真打起来时，十之八九隔得挺远，看不真切。只有一次例外，就在我待的树下打了起来，还有人被捅死了。

当时打仗的人都穿着蓝色的工作服，头上戴了藤帽，还像摩托车驾驶员一样戴着风镜——这是因为投掷石灰包是一种常用战术。每人脖子上都有一条白毛巾，我不知道白毛巾有什么用处，也许是某种派头。那天没见到身挂三合板手拿"拿起笔做刀枪"的那伙人，所以大家都穿标准铠甲：刺杀护具包铁皮，手持锋利长枪。乒乒乓乓响了一阵后，就听一声怪叫，有人被扎穿了。一丈长的矛枪有四五尺扎进了身子，起码有四尺多从身后冒了出来。这说明捅枪的人使了不少劲，也说明铠甲太不结实。没被扎穿的人怪叫一声，逃到一箭之地以外去了。

　　只剩下那个倒霉蛋扔下枪在地上旋转，还有我被困在树上。他就那么一圈圈地转着，嘴里"呃呃"地叫唤。大夏天的，我觉得冷起来了，心里爱莫能助地想着：瞧着吧，已经只会发元音，不会发辅音了。

　　后来我又咬着手指想道：《太平广记》上说，安禄山能作胡旋之舞，大概就是这样的吧。书上说，安禄山能手擎铜壶作舞，而眼前这个人手里虽然没有壶，身上插了一条长枪，仿佛有四只手，在壮观方面还是差不多。还想了些别的，但是现在都想不起来了。因为那个人仰起头来，朝着我扬起一只手。那张脸拉得那么长，眼珠子几乎瞪出了眼眶，我看见了他的全部眼白，外加拴着眼珠的那些韧带。嘴也张得极大，黄灿灿的牙，看来有一阵子没顾上刷牙了，牙缝里全是血。我觉得他的脸呈之字形，扭了三道弯——然后他又转了半圈，就倒下了。后来我和×海鹰说起这件事，下结论道：当时那个人除了很疼之外，肯定还觉得如梦方醒。她听了以后呆头呆脑地问：什么梦？什么醒？但是我很狡猾地躲开了这个问题，说道：这个我也不知道——听说每个人临死时都是如梦方醒。

　　我和×海鹰在小屋里对坐，没得可说，就说起这类事情来了。什么梦啦，醒啦，倒不是故弄玄虚，而是我有感而发。因为我觉得每个人脑子里都有好多古怪的东西，而当他被一条大枪扎穿时，这些古怪的东西一定全没了。我听说农村有些迷信的妇女自觉得狐仙附了体，就满嘴"玉皇大帝"地胡说，这时取一根大针，从她上嘴唇扎进去，马上就能醒过来。一根针扎一下就能有如此妙用，何况一杆大枪从前心穿到后背？有时候我觉得自己脑子也有点不清不楚，但是不到万不得已，还不想领略这种滋味。但这已经是很久以前的事情了。

我长大以后，读弗洛伊德的书，看到这么一句话：从某种意义上讲，我们每个人都有点歇斯底里。看到这里我停下来，对着歇斯底里这个词发了好半天的愣。本来这个词来源于希腊文"子宫"，但是那种东西我从来没见过，所以无从想象。我倒想起十二岁时自己做了一台电源，可以发出各种电压的直流电、交流电；然后我就捉了一大批蜻蜓，用各种电压把它们电死。随着电压与交、直流的不同，那些蜻蜓垂死抽搐的方式也不同，有的越电越直，有的越电越弯，有的努力扑翅，有的一动不动，总而言之，千奇百怪。因此就想到，革命时期中大彩的人可能都是电流下的蜻蜓。

小时候我去逮蜻蜓，把逮到的蜻蜓都放到铁纱窗做的笼子里放着，然后再逐一把它们捉出来电死。没被电到的蜻蜓都对正在死去的蜻蜓漠然视之。因此我想到，可能蜻蜓要到电流从身上通过时，才知道中了头彩，如梦方醒吧。

二

　　我六岁时，天空是紫红色的，人们在操场上炼钢，我划破了手臂。然后我就饿得要死。然后我的老师说我是一只猪。然后我爸爸又无端地揍我。这些事情我都忍受过来，活到了十四岁。一辈子都这样忍下去不是个办法，所以我决定自寻出路。这个出路就是想入非非。爱丽丝漫游奇境时说，一切都越来越神奇了。想入非非就是寻找神奇。

　　有关我爸爸打我的事，还有一些要补充的地方。他戴着高帽子游街，我看到他时笑了一笑，于是我就挨了一顿打。由此容易得出一个结论：在那种场合应该苦着脸。但是这个结论是错的，因为哭丧着脸也要挨打。正确的结论是到了我该挨打的时候就会挨打，不管我是哭还是笑。既然活在世界上，不管怎样都要挨打，所以做什么都没有了意义。唯一有意义的事就是寻找神奇。

　　根据我的经验，每个中了某种彩的人都要去寻找神奇。比方说我爸爸吧，作为一个搞文史的教授，他的后半辈子总是中些小彩：不是学术观点遭到批判，就是差点被打成了右派。没有一次中彩后他不干点怪事的，不是痛哭流涕地说自己思想没改造好，就是觍着老脸跑到党支部交上入党申请书。后来他产生了一个奇怪的念头，觉得自己小彩不断的原因是作了孽——生了一个十几岁就长了一脸毛，面目丑陋的儿子。既然已经作了孽，就要做点好事来补过——揍我一顿。连带着我前半辈子也老是中些小彩。因为彩头的刺激，我从小就有点古怪。我从没有中过头彩，因为只有被人当胸刺穿才是头彩。我以为中头彩后就会彻底本分，悔不当初，等等。但是这不过是种猜测罢了。

我小的时候，总在做各种东西：用缝纫机的线轴和皮筋做能走的车，用自行车上的零件做火药枪，用铜皮做电石灯，这是小学低年级的作品。大一点后，就造出了更古怪的东西。比方说，我用拣来的废铜烂铁做了一架蒸汽机，只要在下面烧几张废纸，就能转十五分钟。我用洋铁皮做了一门大炮，只要小心地把一点汽油蒸气导进炮膛，点火后就会发出一声巨响，喷出火舌，打出一个暖瓶用的软木塞。后来我又用废汽油炉子造出了汽油发动机，结构巧妙，但是它的形状很难装到任何一种车辆上，而且噪声如雷，只能把它搬到野外去试车。年龄越大，做出的东西越复杂，但我的材料永远是废铜烂铁，因为我长大的地方除了鸡窝，就是废铜烂铁，别的什么都没有。我爸爸因为我把家里弄得像个垃圾场，并且因为我经常不做学校里的家庭作业，几乎每天都打我一顿。现在假如给我时间和足够的废铜烂铁，我就能造出一架能飞的喷气式飞机——当然，飞不了多远就会掉下来。假如每个人都像我这样地发明东西，一定能创造出一个奇妙的新世界，或者像那只鸡一样飞上天去。但是家里的地方有限，还住了那么多人，容不了太多的废铜烂铁。因为这个缘故，必须要另找出路。

小时候我看到那只公鸡离地起飞时，觉得是个令人感动的场面。它用力扑动翅膀时，地面上尘土飞扬，但是令人感动的地方不在这里。作为一只鸡，它怎么会有了飞上天的主意？我觉得一只鸡只要有了飞上五楼的业绩，就算没有枉活一世。我实在佩服那只鸡。

在帮教时间里我把这些事告诉 × 海鹰。她说，你的意思是你很能耐，是不是？我听了以后觉得很不中听。照她的说法，我做这些事，就是为了在她面前表现出能耐。但是我当时还不认识你，怎么会有这种想法？我知道有一种人长头发大乳房，说话一贯不中听。所以我不该和她们一般见识。这样想很容易，但是做不到。因为女人就是女人，你只能和她们一般见识。

过了这么多年，我又从那句话里想出另一重意思来。当时我已经被她吓出了前结巴，所以除了讽刺我在她面前显示能耐之外，她还有说我实际上不能耐之意。好在当时我没有听出来，否则会出什么事，实在是不堪想象。

三

现在我弄明白了寻找神奇是怎么回事，那就是人一旦中了一道负彩，马上就会产生想中个正彩的狂想。比方说我爸爸，差点

78

被打成右派时去递上入党申请书，希望党组织一时糊涂把他吸收进去，得个正彩。等到他受到批判，又狂想自己思想能被改造好，不但再不受批判，还能去批判别人。至于我呢，一旦挨饿、挨揍以后，就神秘兮兮地去爬炉筒子，发明各种东西；想发现个可以遁身其中的新世界，或者成为个伟大人物。我们爷俩总是中些负彩，在这方面是一样的，只不过我是少年儿童，想出的东西比他老人家更为古怪。

在帮教时间里我对×海鹰说到过六六年我见到一辆汽车翻掉的事，这件事是这样的：六六年冬天我十四岁，学校停了课，每天我都到城里去。那时候满街都是汽车，全都摇摇晃晃。有的车一会儿朝东，一会儿朝西，忽然就撞到小铺里去。这就是说，开车的不会扶驾驶盘。有的车开得慢悠悠的，忽然发出一阵怪叫，冒出一屁股的黑烟，朝前猛撞。这就是说开车的不会挂挡。有的车一会儿东摇西晃，一会儿朝前猛撞。这就是说，既不会扶轮，也不会挂挡。我站在长安街中间看这些车，觉得很好玩，假如有辆车朝我猛撞过来，我就像足球守门员一样向一边扑去。有一天我在南池子一带，看到一辆车如飞一般开了过去，在前面一个十字路口转了一个弯，就翻掉了。可能是摔着了油箱吧，马上就起了火。从车中部烧起，马上就烧成个大火球。轮胎啦，油漆啦，烧得黑烟滚滚，好看得很。

后来我也会开车了，怎么也想不出到底怎样开车才能把辆大卡车在平地上开翻掉。除非是轧上了马路牙子，或者有一边轮胎气不足。这就是说，开车的连打气都不会。但这是后来的事。当时我朝翻倒的车猛冲过去，但是火光灼面，靠近不得。过了不一会儿，火就熄了（这说明油箱里油不多），才发现车厢里有三个人，全烧得焦脆焦脆的，假如是烧鹌鹑，这会儿香味就该出来了。顺便说一句，烧鹌鹑我内行得很。这件事听得×海鹰直恶心。她还说我的思想不对头——好人被烧死了，我一点都不哀恸。凭良心说，我是想哀恸，但是哀恸不起来。哀恸这种事，实在是勉强不出来的。我只觉得这件事很有意思。革命时期对我来说，就是个负彩时代。只有看到别人中了比我大的彩心里才能高兴。

除了烧鹌鹑，我还擅长造弹弓。其实说我擅长制造弹弓是不全面的，我热爱并擅长制造一切投石机械。六七年秋天，我住的那个校园里打得很厉害，各派人马分头去占楼，占到以后就把居民撵走，把隔壁墙打穿，在窗口上钉上木板，在木板的缺口处架上发射砖头的大弹弓。这也是一种投石机械，和架在古罗马城墙上的弩炮，希腊城邦城头上的投石机是一种东西。我对这种东西爱得要了命，而且我敬爱的一切先哲——欧几里得、阿基米德、米开朗琪罗、达·芬奇——全造过这种东西。但是那些大学生造的弹弓实在太糟糕，甚至谈不到"造"，只不过是把板凳翻过来，在凳子腿上绑条自行车内带，发出的砖头还没手扔得远哪。这叫我实在看不过去。有一天，"拿起笔做刀枪"那帮人冲到我们家住的楼上，把居民都撵走了。这座宿舍楼不在学校的要冲地段，也不特别坚固，假如不把我考虑在内，根本没必要占领。另一方面，当时兵荒马乱的，我们家也不让我出门。他们来了以后，我不出门也可以参加战斗了。但是我们家里的人谁也没看出来，他们只是老老实实搬到中立区的小平房里，留下我看东西。所谓中立区，是一个废弃的仓库，里面住满了家成了武斗据点的人们，男男女女好几百人住在一个大房子里，门口只有一个水管子，头顶上只有一个天窗。各派的人都住在一起，还不停地吵嘴。那个房顶下面还有很浓厚的屁味、萝卜嗝味，永远也散发不出去。我没到那里去住，还留在那座宿舍楼里，后来我就很幸福了。

　　有关这两件事，都有要补充的地方。前一件事发生的时候，北京的天空是灰蒙蒙的，早上有晨雾，晚上有夜雾——这是烧煤的大都市在冬天的必然现象。马路面上还有冻结了的霜，就像羊肉汤凉了的时候表面上那层硬油。那时候北京那些宽阔的马路上到处是歪歪倒倒行驶着的汽车，好像一个游乐园里的碰碰车场。人行道上人很多，挤挤攘攘。忽然之间某个行人的帽子就会飞上天，在大家的头顶上像袋鼠一样跳了几下，就不见了。有人说，这是人太多，就有一些不争气的小贼用这种方法偷人家的帽子。但我认为不是这样，起码不全是这样。我有时候也顺手就扯下别人的帽子，把它扔上天——这纯粹是出于幽默感。后一件事发生时，我们那所校园里所有楼上的窗户全没了，只剩下一些黑窟窿。有些窟窿里偶尔露出戴着藤帽的人头来。楼顶上有桌椅板凳堆成的工事，工事中间是铁网子卷成的筒子，那些铁网是原来在排球场边上围着挡球的。据说待在网后很安全，因为砖头打不透。那片校园整个就像个大蟑螂窝。这两个时期的共同之点是好多大喇叭在声嘶力竭地嚷嚷，而且都有好多人死掉了。但是我一点都不哀恸。我喜欢的时代忽然降临了人世，这是一个奇迹。我们家都成了蟑螂窝，绝不会有人嫌弃我的废铜烂铁。再没有比这更叫人高兴的事了。至于它对别人是多么大的灾难，我一个十几岁的孩子管得着吗？

四

我小的时候想过要当发明家，仿佛创造发明之中有一种魔力，可以使人离地飞行。为了这个缘故，我先学了数学，又学了Double E（咱们叫无线电）。但是现在我发现它根本就没有这种魔力。不管你发明了什么东西，你还是你自己。它的一切魔力就是使你能造出一架打死人的投石机。但是这个本事不会也罢。小的时候我不和女孩子一块玩，躲她们如躲瘟疫。但是我现在也结了婚，经常和老婆坏一坏。这说明我长大了。小时候我对生活的看法是这样的：不管何时何地，我们都在参加一种游戏，按照游戏的规则得到高分者为胜，别的目的是没有的。具体而言，这个看法常常是对的，除了臭气弥漫的时期。比方说，上学就是在老师手里得高分，上场就是在裁判手里得高分，到了美国，这个分数就是挣钱，等等。但就总体而言，我还看不出有什么对的地方，因为对我来说，这个规则老在变。假如没有一条总的规则的话，就和没有规则是一样的了。

现在我又想，为了那架投石机和少年时的狂想，损失的东西也不少。假如不是对这些事入了迷，还可以做好多别的事。假如游戏的总规则是造台复杂的机器，那我十六岁时就得分不少。但假如这规则不是这样，而是以与女人做爱次数多为胜，那我亏得可太多了。但是这个游戏的总规则是什么，根本就没人知道。有关这个总规则的想法，就是哲学。

我长大以后活到了三十五岁，就到美国去留学。有时候有钱，有时候没钱，就到餐馆里打工。一般情况下总是在厨房里刷盘子，这是因为我有一点口吃，而且不是那种"后结巴"，也不是那种"中结巴"，而是"前结巴"，一句话说不上来，目瞪口呆，说英文时尤甚。在厨房里我碰上了一位大厨，他的终身事业是买六合彩。作为一个已经学过六年数学的学生，像六合彩这样的概率题当然会算，只可惜算出来以后没办法给大厨讲明白。每到了该决定买什么数字的时候，那位大厨就变得神秘兮兮的，有时候跑到纽约伏虎寺去求香拜佛，有时候又写信给达拉斯的王公子，让他给起一卦。有时候他要求我提供一组数字，还不准是圆周率，我就跑到大街上去抄汽车牌。这种事情有一定的危险性，抄着抄着，车里就会跳出几个五大三粗的黑人，大骂着朝我猛扑过来，要我说出为什么要抄他们的牌子。在这种情况下，我才不肯停下来解释有一位中国大厨需要这些数字，而是拔腿就跑，见到路边上楼房有排水管就往上爬。幸亏这些人里没有体操队员，也没人带着枪。这种事不用我说，你就能知道是比老鲁要抓我要命。所以我老向那位大厨解释说，六合彩里面是没有诀窍的，假如有诀窍，那也不是我能知道的。但是他只用一句话就把我驳倒了：假如真的没有诀窍，我怎会相信有诀窍呢？就是因为不能驳倒这个论点，说别的就没有用处了。比方我说：假如我一抄车牌子就能抄上下期的六合彩，那我干吗不去买下期的六合彩？他答道：谁知你为什么不去买？我就要犯前结巴。照他的看法，那些中彩的一定是发现了某种诀窍，因而发了大财。当然，像这样的诀窍谁也不肯说出来。再说，说出来就不灵了。没准这种诀窍是在电话本上看来的，或者睡觉时梦到的。也没准是一年不性交，或者是买彩票之前性交。还有人说，这诀窍是吃掉老婆的月经纸（当然是烧成了灰再吃）。他还说，最后一条他已经试过了，不大灵。这倒使我大吃一惊：看他头发都白了，老婆怎么还有月经？后来一想，谁知道他吃的是谁的纸，那纸是怎么来的。这么一想后，就觉得很恶心。在一起吃饭时，凡他动过筷的菜我都不动。

直到我回了国，该大厨还来信让我上大街上拣几张废汽车票给他寄去。但是我想，今后再也不用上那家餐馆打工，用不着再拍他马屁，就没给他干这件事。但是这些都是很后来的事了。当时最严重的问题是那个大厨已经买了整整一辈子的六合彩，已经完全走火入魔，而他正是我的顶头上司。因为我不能直截了当地对他说，你是一个白痴，所以直到我回了国，也没解释明白。

我们家里的人说，小时候我除了爬炉壁，还干过不少其他傻事——比方说，爬树摔断了腿，玩弹弓打死了邻居的鸡，逃到西山躲了三天才回来，等等。但是我一点都记不得。照我看，就算有这些事也没有什么。我觉得高炉里有一个奇妙的新世界，自有我的道理：假如那高炉里什么都没有的话，我怎么会有这样的想法呢？这样的想法丝毫也不能说是傻，只能说有点不成熟。那时候我才十二岁，这比活到了五十多岁还吃月经纸可强多了。后来我认识的那位大厨也知道了吃那种东西对中六合彩毫无帮助，但是他还要打肿了脸充胖子，说那东西叫作红铅，是内家炼丹的材料，吃了十全大补。我还知道有一种东西中医叫作"人中黄"，据说吃了可以健胃——那就是屎。但是我不敢提这种建议，恐怕他和我急。他后来换了一种玩法，到大西洋赌城去玩轮盘赌，一个月的工钱，一夜就能输光。照我看这样比较正常。但是他很快又五迷三道，自以为可以发明必胜的轮盘赌法，经常在炒菜时放可以咸死老水牛的盐。而我是由他推荐到前台去当 waiter 的——你知道，我喜欢穿黑皮衣服，所以有几个怪里怪气的妞儿老上我台上来吃饭，而且小费给得特多，老板就说我有伤风化，把我和他一块开掉了。其实我在这件事上十足无辜，我穿黑衣服是童年的积习，我总是爬树上房，黑衣服经脏。虽然有个丫头老问我是 S 还是 M，但是我一点也不懂这些事。

后来我到学校图书馆特殊收藏部找了几本书看了看，搞明白什么是 S，什么是 M，再碰到那个丫头时就告诉她说：我有点 S，也有点 M。我像一切生在革命时期的人一样，有一半是虐待狂，还有一半是受虐狂，全看碰见的是谁。她听了这话目瞪口呆，好像我说了什么傻话一样。乍到美国时净犯这种错误，到加油站问哪儿有打气（air），却问成了哪儿有屁股（ass）。但那一回却不是。我说的是由衷之言。

现在我活到了四十岁。算算从九岁到四十岁的发明，多得简直数不过来。最近的一项发明是一种长筒袜，里面渍有铁粉和卤化物，撕开了包装就发热，可以热四十八小时，等热完了就是一双普通的长筒袜。我以为可以一举解决怕冷和爱漂亮的问题。我把这项发明交给一家乡镇厂生产，后来就老收到投诉信，告状的说，老婆早上穿上我的袜子时，还是一个完整的东亚黄种，晚上脱下来，下半身就变成了黑人。这是因为那家厂子用过期的油墨把袜子染黑，不能说我的发明不好。我至今还保持了热爱发明的本性，但是再也不相信发明可以扭转乾坤——换言之，搞发明中不了正彩。

我长大后结了婚，然后到美国去留学。我在国内是学数学的，出去以后觉得数学没有意思，就在计算机系和 Double E 系注册。我老婆是学党史的，出去以后觉得党史没意思，就改了 PE，咱们叫体育。除了上学，我们还得挣钱糊口。我老婆到健身房给人家带操，就此找到了她的终身事业，现在每天带十节操还嫌太少。她说除了吃饭和睡觉就想带操，站在一大群人面前跳跳蹦蹦。而我给人家编软件。到了美国我才知道，原来想要活着就要挣钱。本来挣钱是一件很枯燥的事，我偏把它想得很浪漫。

　　第一次从系里领来了编软件的活时，我想道：好！总算有了一个我施展才华的机会了！有关这一点，我有好多要补充的地方。自从长大成人，我处处不顺。开头想当画家，却是个色盲。后来当了数学系的研究生，导师给我的论文题目却是阐发马克思的《数学手稿》。虽然也挖空心思写了一百五十多页，但是我写了些什么，导师现在准想不起来了。我也想不起来了。打印稿现在找不着了，手写的底稿也找不着了。

　　所以这篇论文写了就和没写一样，白白害死了自己好多脑细胞。简言之，我从来就没做过一件真正的工作，除非你把做豆腐也叫作工作。但是不管你把豆腐做成什么样，吃下去以后都变大粪，变不成金刚石。以上说明是解释我拿到那个活为什么激动。虽然那是个大型软件，好几个人合编，但是我想这样更好，可以显出我比别人强。越是这样想，就越是心绪纷乱，一行源码也写不出来。

所以我就对我老婆说，你出门时，把我锁在屋子里。我就是这样一个变态分子，但是我老婆一点没觉察出来。

锁在房子里时，精力能够集中。所以我编的第一批软件极有诗意，李后主有词云：

红豆啄残鹦鹉粒。

我的软件就曲折和弹性而言，达到了此句的境界。后主又有残句云：

细雨流湿光。

我的软件就有这么简约，别人编十行，我只用一行。等到交活时，教授看了吃一惊：这么短！能跑（run）吗？我说你试试嘛。试完了他和我握手道：谢谢！但是到了开支时，我的钱比别人都少。原来是按行算钱，真把我气死了。等到交第二批软件时，我就吃棉花屙线屎。古诗云：

一个和尚独自归，
关门闭户掩柴扉。

我的第二批软件到了这种境界。简言之，别人编一行，我就编了二十行。等到交活时，教授根本不问能不能 run，只说：你这是捣蛋！就打回来让我改短。资本主义就是这么虚伪。等到拿了学位，我毫不犹豫就回国来。这是因为我从骨子里来说是个浪漫诗人，作画时是个颜色诗人，写程序时是个软件诗人。干瘪无味的资本主义社会哪里容得下浪漫诗人。

五

在美国时，我想干 Double E 就干 Double E，想干 Computer 就干 Computer，而且还能挣些钱，但是还是不快活，最起码没有六七年我在自己家里造投石机时快活。那时我们家的门窗都被打掉，墙上也打了好几个大窟窿。而我戴了个木匠的皮围裙，耳朵上架了支红蓝铅笔，正在指挥十几个大学生拆家具制造防御器械。在工程方面谁都不如我，所以大家公推我负责。这件事我爸爸知道了一定要揍我，因为拆的就是我们家的家具，虽然我已年登不惑，他也过了随心之年，并且在偏瘫之中，但是我认为他积习难改。等到上级制止了武斗，他回家来一看，只见家里的一切都荡然无存，书房里却多了一架古怪的机器：从前头看，像法国造的断头机，从后面看像台龙门刨床，有滑轨，有滑块，最前面还装了架气象站偷来的风速仪。底下还用水泥打了地基，拆都拆不走，真把他气死了。那就是我造的投石机，是世界上一切同类机器里最准确的一台。但是那上面有好多部件是我们家的家具。损失了门窗、家具我爸爸还不心疼，因为那是公家的。他的藏书也丢了不少，这些东西是他让我看着的。我告诉他，人家拿着刀枪，想借咱家的书看，我敢管吗？他觉得我说的有道理。其实蛮不是这样，我当时忙得很，把让我看着的东西全忘了。而且我还想道：这个楼是老子的了，老子怎么想就是王法。凭什么我该给你守着东西？

现在我想，批判资本主义也不能昧了良心，现代社会里哪儿都容不下太多的诗人。就如鸡多了不下蛋，诗人多了没有饭吃。这是因为真正的诗人都是捣蛋鬼。六七年秋天，"拿起笔做刀枪"冲到我们家里来时，我帮着把家里的东西搬到中立区以后，留下看守房子。转眼之间我就和他们合为一股，在我们家的墙上凿洞，并且亲手把每一块窗玻璃都打掉。当然，我也有我的道理，假如不把玻璃打掉，等到外面飞进来的砖头把它打碎，破片就会飞起来伤人。然后再把窗洞用桌椅堵起来，屋里马上就变得很黑。照我看这还黑得不够，还要用墨汁把里面的墙涂黑。只用了半天的时间，我们那座楼里面就黑得像地狱。当然这样干也有这样干的道理，假如有人从外面冲进来，就会觉得眼前一黑。在他的瞳孔放大到足以看清屋里的东西之前，我们可以用长矛在他身上扎十几个大洞。这些措施只是把我们住的房子改造成一个白蚁窝的第一步。到了冬天，这座楼上连一片完整的瓦都没有了。一楼每一个窗口都被焊的栅栏堵得严严实实，上面还有密密麻麻朝外的枪头，一个个比刀子还快。所有的楼道门洞都被堵得炸都炸不开，另有一些纵横交错的窟窿作为通道，原来的住户不花三天三夜绝找不到自己原来住的地方。后来要把它恢复成原样，又花了比盖这座楼的建筑费还要多的修缮费。从这一点你就能知道"拿起笔做刀枪"为什么后来要倒大霉。而这一切都是我的主意。我一个诗人就造成了这么大的灾难，假如遍地都是，那还得了吗？但是不做诗人，我又不能活。所以到底怎么办，这是问题。

六

我小的时候读过马克·吐温的《康涅迪格州的美国人在亚瑟王朝》，然后就想当个古代的人。如果我能选择，宁愿生活在古代的希腊，要不然就生活在古罗马。那时才有机会做自己想做的事情。那时候的人可以自由地发明自己的机械——我不记得阿基米德因为发明一架水车挨了他爸爸一顿打。这说明我不应该生于现代——我是今之古人。我是阿基米德，我是米开朗琪罗。我和眼前的一切都没有关系。

我在豆腐厂里受"帮教"时，还觉得自己是今之古人，但是已经有点变了味道。我还能想到假如 × 海鹰的橡皮月经带到了古罗马的投石步兵手里，一定会被视若珍宝。而我们用来刮轴瓦的三角刮刀，如果能送到古希腊，被装上矛端，该有多么好。与此同时，我却被老鲁追得到处跑，还要受 × 海鹰的帮教，一点不像个今之古人的样子。最主要的是，我不再相信会有什么奇迹。俗话说，时势造英雄。而吵吵闹闹的英雄时代已经一去不复返了。

我想起那个过去的英雄时代，总是从这两件事开始——六六年翻掉的汽车和六七年的大弹弓，好像一座大院子门口的两个石狮子，经过了它们才能走到院子里。我告诉了 × 海鹰这两件事，她丝毫也不理解它们的重要性，因为她不是今之古人。六七年秋天，我顺着排水管爬进了实验楼。当时"拿起笔做刀枪"全伙六七十人都蹲在里面，没水没电，没吃没喝，外面是四面楚歌，好多大喇叭在广播"敦促拿起笔做刀枪投降书"。我告诉他们说，我家住的那座楼，看上去虽然不起眼，却是个了不起的武斗据点，因为下面有好几条地沟。其中有采暖的地沟，输电的电缆沟，甚至还能钻进下水道。顺着地沟可以钻到海淀镇，买回大饼油条。所以他们就半夜突围，跑到我们楼去了。假如他们不去占宿舍楼，谁也不去占宿舍楼，因为这里没有军事目标。他们一来，所有的人就接踵而至，把所有的宿舍楼都占掉，把他们围在核心，因为他们就是军事目标。以这件事为契机，那一大片宿舍楼后来都变成蟑螂窝了。说起了这件事，我沾沾自喜，颇有成就感。而 × 海鹰却愁眉苦脸，面对我的糊涂思想，不知该如何"帮教"。

我告诉 × 海鹰这件事时，抬起头来看着她，发现在下午的阳光下她的头发是黄色的。这说明任何东西都没有固定的颜色，要说它是什么颜色，就一定要把当时的光线说明在内。她的下巴浑圆，脸上露出一种找词儿训人的表情。这种表情叫我想起小时候我那位浑身像瓜果蔬菜的老师来。那一刻我恨她入骨。我和她分明是两种动物，就如猫和狗一样，是世仇。但是她忽然朝我笑了笑，说道：接着讲。这一瞬间我又感到心里热乎乎的，有一种很肉麻的感觉，似乎是感激她拿我这样的坏蛋当了一回事。这说明像我这样的人身上也有奴隶性。

"拿起笔做刀枪"闯到我们楼里来时，头戴藤帽，浑身上下白乎乎的，好像一些面粉工人。除此之外，他们身上还带有生石灰的辛辣味，有些人额角有青肿，好像挨了一砖头。这说明他们路上受到了拦截。后来大家说起这一派人，都说他们坏得很，闯到和平居民家里，就让他们扫地出门，如果不像纳粹党卫军，起码就像斯大林的征粮队。其实不然，那帮人最是温文尔雅。假如在座的有女孩子，就都不说粗话。开饭时如果我没有吃，他们就不吃。女同学没有吃，男人就不吃。有一个当兵的没有吃，头头就不吃。除此之外，他们中间每个人都用卫生手纸，从来不屙野屎。所以他们不像一支武斗队伍，倒像一伙英国绅士。我对这些人十分喜欢，而且我对他们的喜欢绝不随时间而改变。但是后来这伙人在整个学校里又是最倒霉，因为到了"文化革命"后期算总账的时候，发现这个微不足道的小派别打死的人最多，毁坏东西最厉害。所以他们的头头就被抓去住监狱，而且他们全体都被送到乡下去，没有一个人留到了城里。这就意味着他们全体都要到没有电的地方生活，每日三餐都将成大问题。这说明凡是我喜欢的人都会倒霉，凡我喜欢的品质都不是好品质。

现在我想起"拿起笔做刀枪"，怎么也想不明白他们为什么要打仗。要说是为了主义，或者思想，都不大充分。如果说他们像我一样，为了寻找神奇而打仗，恐怕也不大对——打仗是我十五岁时的游戏，他们可不是十五岁。可能有一些是为了主义，有一些是为了思想，有一些想要寻找神奇，各种各样的动机都混在一起，就如一个人酒醉后呕出的东西，乱糟糟的一团。你搞不清"拿起笔做刀枪"打仗的动机，正如你不能从醉汉的呕吐物里看出他吃了些什么。

现在该说说我爬炉壁的事是怎么结束的。到十三岁那一年，我终于爬过了那个炉筒子，进到了土高炉里。那里面还是什么都没有。除了一个砖堆，砖堆边上有一领草席，草席边上还有个用过的避孕套，好像一节鱼鳔，里面盛了些胶冻似的东西。虽然当时不能准确指出那是什么，但也能猜到一些。那里面的东西叫我联想起六岁时在伤口里看到的自己的本质——一个湿被套。从那时开始，我的人生观就真正悲观起来了。从那一天开始，中了天大的负彩，我也不会产生想中正彩的狂想。

所谓湿被套的事情是这样的：早上起来时，感觉到自己内裤里有一堆凡士林似的东西，黏糊糊的和阴茎粘在一起，好像一根自行车轴粘上了黄油。然后就开始迷迷糊糊，想起梦见过女孩子的乳房和屁股。但是乳房和屁股怎么会引出这些东西还是不明白。这种状态我不喜欢。

有关湿被套和我后来的事，我都没有告诉 × 海鹰。后者是因为我没有预见未来的本领，前者是因为我觉得对女孩子说这些事不应该。后来她对我说：你真脏！现在她是毡巴的老婆，不知她嫌不嫌毡巴脏。

有关哲学，现在我是这样想的：它有好多问题，本体论的问题，认识论的问题，等等。但是对于中国人来说，只有一个问题最重要，就是世界上有没有所谓神奇的诀窍——买六合彩的诀窍，炼金丹的诀窍，离地飞行的诀窍和跑步进入人间天堂的诀窍，假如你说没有，那我怎么会相信它有呢？假如你说有，我怎么看不到呢？但是自从我爬过了那个炉筒子之后，就再也不信有什么诀窍。我和别人一样，得爱我恨的人，挣钱吃饭，成家立业，养家糊口。总而言之，除非有奇迹发生，苦多乐少，而奇迹却总是不发生。我竭尽心力，没找到一丁点神奇。这个世界上只有负彩，没有正彩。我说我是个悲观论者，就是指这种想法而言。

第四章

一

七四年春天我去肛肠医院看痔疮时，对世界又有过很悲观的看法。这时候童年饥饿的经历早被我忘掉了，眼前最大的痛苦是磨屁股。在我看来，既然生存的主要方式是比赛磨屁股，那么我们这些生来屁股窄的人就处于极不利的地位。假如把这里排队候诊的人看作前线下来的伤员的话，可以说在战斗中受伤的全是男的。偶尔有几个女的，全是孕妇。这就是说，假如妇女不怀孕，就不会受伤害。后来我在那里开了一刀，虽然不很疼，但是在很长时期里不方便。等到痔疮愈合，大便通畅，才想到生存的主要方式大概不是磨屁股，还是一种冥思苦想。现在你常常看到一些人，头顶掉得秃光光，眼镜像瓶子底，大概就持这种想法，只不过有人想物理，有人想哲学，有人想《推背图》，有人想《易经》。

我也在这些人之中，唯一的区别在于我越想得多，身上的毛发越重，头顶像被爆米花的机器崩过，阴毛比某些人的头发还多，视力也是越想越好，现在能看到十米外一只苍蝇腿上的毛。与此同时，我的眼睛越想越三角，眉毛越想越揪毡，随着时光的流逝，脸上也起了皱纹，但全是竖着的，十足像个土匪。所里的同事见我这个模样就疑我敌视知识分子。但这又是很后来的事了。当时的事是我去割痔疮，×海鹰一定要和我一起去。我进了手术室，她也要跟进去，医生护士也不拦她。这件事乍看起来有点古怪，说开了也只寻常：那年头到肛门医院去开刀的人都是成双成对的，不知现在是不是这样的了。

据我所知，人们去打胎往往是成双成对，去生孩子往往也是成双成对。这种时候她们很害怕，所以要拉个男人去壮胆。男人去割痔疮也是这样，倒使我大惑不解。后来才知道，那些女人觉得那个地方太脏，很可能大夫护士不肯下手，要病人家属来开刀。这倒不是很离奇的想法。对我们这里的医生护士，绝不能做太高的估计。我也觉得人家很可能不愿动手给我开刀，但是我的手臂甚长，可以够到那个部位。只要有个护士在后面告诉我："往上！往下！往左一点！好了就是这儿！"就能给自己开刀。因为有这种把握，所以我没有请求任何人和我一起去肛门医院，这任何人里也包括×海鹰。是她自己要去的，她还说，对于"后进青年"（即我也），就是要在生活上关心，工作上帮助，思想上挽救——直到关心、帮助、挽救都没有效果的时候，才把他交给专政机关。听了这后半截的话，我浑身都起了鸡皮疙瘩，什么话也不敢说了。

除了喜欢绘画，我也喜欢看小说。我最喜欢的作家是马尔克斯。其实也说不上喜欢他的哪部作品，我喜欢的是他创造的句式，比方说——霍乱时期的爱情，简直妙到极处。仿此我们有：革命时期的发明，革命时期的爱情，等等。我患的就是革命时期的痔疮。在革命时期我陷入了困境，不知怎么办才好。×海鹰在我的凳子上放了一个废轮胎，坐在轮胎上比坐在硬板凳上舒服多了，但我还是忧心忡忡，不可终日。和她一起去医院时，我对她恭恭敬敬，走在离她两三米的地方。但是当时合法夫妻一起上街时，距离也是这么远；所以医生护士们见了，也不感到有什么异样。我进手术室时，她在外面探头探脑，直到感觉要用到她时，才溜了进来。

说明了这一点，就能明白当年为什么护士不把×海鹰往外撵——像这样自愿帮忙的人太多了，撵也撵不过来。而我自己正朝墙躺着，等待着护士把手术刀递给我，没看见她溜了进来。事实上情况比我想象的要好，人家只是喝令我把屁股掰开，然后就是一阵毫无警告的剧痛——我就这么糊里糊涂地挨了一刀，滚下了手术台。我们俩去医院时，骑了辆平板三轮车，板上放了个棉门帘。去时是我蹬，回来时她蹬，不蹬的人坐在板上。就在回来的路上，她在前面忽然纵声大笑。因为我不知道她曾看见了我毛茸茸的屁股，并且看到了我撅起屁股准备挨宰的样子，所以一点也不知道她在笑什么，只觉得是不吉之兆。我记得那个医院里有极重的来苏水味，过道里有些黑色的水洼，看上去好像一汪汪的煤焦油。还记得她蹬三轮车时，直立在车架上。至于自己是怎么撅着屁股挨宰的，却一点也记不得了。

二

人活着总要有个主题，使你魂梦系之。比方说，我的一位同学的主题就是要推翻相对论，证明自己比爱因斯坦聪明。他总在冥想，虽然比我小八岁，但是看起来比我老多了。至于他是不是比爱因斯坦聪明，我不知道，因为我对理论物理只知些皮毛。我说过，我的主题就是悲观。这不是说我就胡吃闷睡，什么都不想了。我的前半生绞尽脑汁，总想解决一个问题：如何预见下一道负彩将在何时何地到来？

×海鹰也有一种古怪笑容，皮笑肉不笑，好像一张老牛皮做的面具，到了在大会上讲话时，就把它拿了上来。像这样的笑容我就做不出来，所以它对我是个不解之谜。对任何人来说，一种表情代表一种情绪。我怎么也想不出皮笑肉不笑是怎么一种情绪。这对我是不解之谜。但是有一点我已经知道，那就是×海鹰肯定是我的一道负彩。

我被关在×海鹰屋里百无聊赖时，翻过她的东西。当然她离开的时候，把所有的抽屉都锁了，但是我拿个曲别针把锁都捅开了。有关这一点没有什么可辩解的：我是个下流胚。我主要是想看看这位海鹰是个什么样的人，她所说的关心、帮助、挽救，到底能不能指望。结果除了好几抽屉文件、纸张之外，还发现了一个橡皮薄膜做的老式月经带。照我的看法，可以用它改制成一个打石子的弹弓。有一本书，包着牛皮纸，皮上用红墨水写着"供批判用"，翻开以后，是本"文革"前出的《十日谈》，一百个故事的，是本好书。后来出版的《十日谈》只剩下七十二个故事，这说明中国人越来越不知道什么是好书了。我看了一会儿，把书放了回去，把抽屉都锁上。这样干了以后，还是想不出她可不可以信任。过了一两天，又打开抽屉，看到里面有个纸条，上书："翻我抽屉的是小狗"，我赶紧把抽屉又锁上了。

　　×海鹰后来告诉我说，她觉得我的笑容也是不解之谜。为此她想摸摸我的底。我说到长了痔疮时，脸上的惨笑和在她面前无端微笑时的样子一模一样，这时候她恍然大悟：原来这种神秘的微笑本源是痔疮！所以她就想看看那个痔疮到底是什么样。为此她混到手术室里，假装要给我开痔疮。结果就看到了那东西是个紫色的大血泡。当时我一点也不知道×海鹰有给我开痔疮的打算，所以没有什么感想，后来想起来却是毛骨悚然，想不出这是一种什么打算。她的某些想法我始终搞不大清楚。后来我想，这可能也是出于一种好奇心，要看看男人的肛门到底是什么样。或者是闲着没事，觉得割个痔疮也挺有意思。早知如此，我就该在屁股上也贴个纸条：看我屁股的是小狗。或者拿个水笔，直接写在屁股上。我的屁眼是什么样子，我从来没见过。但是我知道它肯定不好看。总而言之，这件事给我添了很多的麻烦。后来×海鹰想叫我感到羞辱，就说：你的痔疮真难看！仿佛我有义务使自己的痔疮长得好看似的。听到这样的话，我还可以唾面自干。然后她又说我在手术床上汗出如浆，扳着屁股的手都打哆嗦。有关这一点，我可以辩解说，在屁股后面挨刀，自己看不见，谁不害怕？但是我不能争辩说自己没哆嗦。我这个人虽然长了张凶脸，胆子却小得很。

假如你有过这种把痔疮亮给人看的经验，就会承认它是人生诸经历里最要命的一种。以我为例，虽然我相当的生性，面嫩，有时会按捺不住跳起来打人，但只要×海鹰一说到我的痔疮，我就老老实实。等到×海鹰发现了这一点，她就用这些话做一种制服我的咒语。只要念上一遍，我马上就从混蛋小子，变成端坐微笑的蒙娜丽莎。

现在我认为，人在无端微笑时，不是百无聊赖，就是痛苦难当。我是这样的，×海鹰也是这样。二十二岁的姑娘，每天都要穿旧军装，而且要到大会上去念红头文件，除了皮笑肉不笑，还能有什么表情！而我痔疮疼痛还要磨屁股，也只有惨笑。这些笑容都是在笑自己，不是在笑别人。

三

　　割完了痔疮就到了春天，有一阵子 × 海鹰对我很坏。晚饭时
分让我给她打饭，拿回来后，常常只看一眼就说：就这破菜？拿
出去倒到茅坑里。然后她就拿点钱出来，让我给她去买炒疙瘩。
炒疙瘩是一种面团和水发黄豆炒成的东西，我们厂门口的小铺就
有卖的。幸亏是七四年，假如是今天，还真不知到哪里去买。当
时我发誓说，永远不吃炒疙瘩，一口也不吃。后来我一直没有破誓，
到今天也没有吃过炒疙瘩。假如她不是个女孩子，我准要往炒疙
瘩里吐吐沫。我们厂里一位机修师傅四四年在长辛店机车场学徒，
小日本抓他去打饭，他找着没人的地方，就把精液射到饭盒里。
他后来得了喘病，自己说是年轻时抗日亏了肾。我后来到美国留
学时，给 × 教授编软件，文件名总叫"caonima"，caonima.1，
caonima.2，等等。但是他总把第一个音节念成"考"，给我打电话
说：考你妈一可以了，考你妈二还得往短里改。我就纠正他道：不
是考你妈，操你妈。我们一共是四个研究生给他编程序，人人都
恨他。这是因为按行算钱，他又不让编长。这种情形就叫作受压
迫。毛主席教导我们说，有压迫就有反抗。所以就考你妈，就射精，

就吐吐沫。

有一次在 × 海鹰办公室里，我困极了，在她床上睡了一会儿，从此很受她的压迫。她再也不用欢迎句式对我说话了，进去以后就让我"坐着"，然后就什么话也不对我说，只是板着脸，把脚跷到桌子上。除此之外，她对外人管我叫"王二这流氓"，我一听这话就怒火三千丈。这就好比在美国听见人家管我叫"oriental"，让我"go back to where you came from"一样。在这种情况下只好生闷气，暗想要能发明一种咒语，念起来就让他们口吐白沫，满地打滚才好哪。我受压迫的情形就是这样的。后来我总结了一下，发现每次受压迫都是因为别人气不顺，并且觉得我比他高兴。比方说 × 教授吧，他压迫我们，是因为他在做一个狗头（这件事待会再讲），发现经费不够，憋气得很，所以这么一行行地和我们抠。后来有一天我告诉他，我得了癌，没几天活头了，他就不跟我抠了。再比方说我老婆，每月总有几天她总对着我的耳朵哇哇地怪叫，仿佛是嫌我耳朵还没有聋，这是因为她痛经。后来我到了那几天就装肚子疼，找热水袋，她也不对我叫唤了。在这方面我办法很多，但是在豆腐厂里，我却没想出什么办法来。

我睡 × 海鹰的床之前，尝试过在各种地方、用各种姿势打瞌睡：比方说，把凳子移到墙边上，把脚搁在凳子面上拳成一团，脑袋从腋下穿出来；把椅子移到桌边上，把腿架在椅背上，头朝后仰放在桌面上。这些姿势的怪诞之处是因为要避免压到痔疮，还因为桌面上有一大块玻璃板，不能睡。其实在各种姿势下我都能睡着，但是我又怕×海鹰回来时看到屋里有个拧成麻花的人，就此吓疯掉。小时候有一次我在家里黑着灯打瞌睡，就曾经吓得我姐姐尖叫一声，拣起扫地的笤帚劈面打来。这件事说明我的柔韧性达到了惊世骇俗的程度，要不然也不会得到体育老师的青睐，被选进了体操队。因为怕吓着她，所以在实在想睡时，我就躺在她床上了。但是她对我的好意完全不理解，回来时飞腿踢我搭在床外的脚，喝道：滚起来！谁让你睡我的床！吓得我赶紧跳起来了。从此之后她就对我很坏。下午我去她那里，一进了门就规规矩矩地坐下。但是她瞪了我一眼，冷冷地说：让你坐下再坐下。吓得我赶紧跳起来。然后她又说：坐下吧。我坐得笔直，肩膀也端得平平正正，脑子里想的也是四方形。她说，干吗呀你？像个衣服架子。于是我又松下来，开始胡思乱想。然后她又走过来踢我的脚，说道：坐好了！坐没个坐相！她就这么来回地折腾我，简直把我气坏了。

假如让我画受帮教的模样，我就把自己画成个拳头的模样。这个拳头要画成大拇指从中指与食指间伸出的模样，这种拳在某些地方是个猥亵的手势。但是对我来说没有这个意味。我小时候流行握这种拳头打人，大家都认为这种拳头打人最疼。在我旁边画上站得直挺挺的×海鹰。

有关我，有一些地方还没有说到。这就是我虽然有点坏，却是蔫坏，换言之，起码在表面上我尊敬上级，尊敬领导，从来不顶撞。这大概是因为过去我爸爸脾气坏，动不动就揍我。除此之外，我又十分腼腆，从小学三年级到中学毕业，从来不和女同学讲话。这些可以说明我在×海鹰面前为什么会逆来顺受。但是我挨了她那么多的狗屁呲，也不会一点罪恶的念头都没有。所以我常常在想象里揪她的小辫子，打她的嘴巴，剥光她的衣服，强奸她。特别是她让我去买炒疙瘩时，每回我都揪住她的辫子把她按在地上，奸得痛快淋漓。我还以为这样干虽然很不对，但是想一想总是可以的。要是连想都不让想，恐怕就会干出来了。

假如让我画出想强奸×海鹰的景象，我就画一个黑白两色的脸谱，在额头上画上一个太极图。在脸谱背后的任何东西你都看不到。×海鹰一点也看不出我在想什么，我也看不出她想干什么。心里在想什么，其实一点都不重要。在世界上再没有比这更微不足道的事了。

四

七四年我在豆腐厂里受帮教时，×海鹰问我她漂不漂亮，我笑而不答，就此把她得罪了。后来她逮住我在她铺上睡觉，那不过是个朝我发火的口实罢了。现在我承认，×海鹰当年很漂亮，但是现在这么说已经于事无补。我记得这件事是这样的：我们俩在她的小屋里，聊过了各种电影，聊过了我过去有一个情人，她说我的资产阶级思想很严重，需要思想改造。后来就聊到有一种品质叫作聪明。你要知道，当时只承认有些人苦大仇深，有深厚的阶级感情；有的人很卑鄙，是资产阶级；革命领袖很伟大。除此之外，就没有其他素质了。可是我却说，聪明人是有的。比方说汉尼拔，精通兵法；毕达哥拉斯，想出了定理的证法；修拉发明了点彩画法，还有欧几里得——甭提他有多聪明了。在这个系列的末尾，我又加上了区区在下一名。当时太年轻，还不大懂谦虚。她马上问道："我呢？"这时我犯了前结巴：挺——挺——挺聪明的！这一结巴，就显得有点言不由衷。×海鹰有点不高兴。我以为这是她活该，谁让她把我吓出了这个毛病。

后来又聊起了一种品质，叫作漂亮。革命时期不准公开说漂亮，于是男孩子们发明了一套黑话，管脸漂亮叫盘亮（靓），管身材好叫条直。像这样的术语还有好多。我讲到一位中学同学朝班上一位漂亮女同学走去，假装称赞她胸前的瓷质纪念章：你的盘很亮！那个女孩子就答道：是呀，盘亮，盘亮！我们在一边笑死了。说到这里，×海鹰忽然冒出一句来：我呢？盘亮不亮？这时我只要答一句盘亮，就万事皆无。不幸的是，当时我犯起了极严重的前结巴，一个字也不能讲。过了这一晚，她就总对我板着脸，样子很难看。

我在十三岁时，感到自己正要变成一个湿被套，并且觉得自己已经臭不可闻。当时我每星期都要流出黏糊糊的东西。当时我虽然只有那一点岁数，但是男性器官早就发育了起来。夏天在家里洗澡，也不知怎么就被我妹妹瞄见了，她说：二哥像驴一样！因此她挨了我妈一顿打，这使我很高兴。从此到了饭桌上她总是咬牙切齿地看着我，眯缝着她那先天性的近视眼（左眼二百度，右眼五百度，合起来是二五眼），瞅着大人不在，就恶狠狠地说道：驴！其实用不着她说，我也知道自己已经很糟糕，因为晚上睡觉时它老是直撅撅的，而且一想到漂亮的女孩子，它就直得更厉害，丝毫也不管人家想不想搭理你，由此还要想到旧社会地主老财强奸贫下中农。对于这件事，我早就知道要严加掩饰，以免得罪人。从隐瞒自己是个湿被套和驴的方面来说，说自己不知道谁漂亮比较有利：这样可以假装是天阉之人，推得干干净净。这是因为我知道在这件事上中彩，就肯定是头彩。我把 × 海鹰得罪了，与此多少有点关系。

五

　　× 海鹰问过我爱看哪些书，我说最爱看红宝书。她说别瞎扯，说真的。我说：说真的就是红宝书。这件事和受虐／施虐的一对性伙伴在一起玩性游戏时出的问题相同。假如受虐的一方叫道：疼！这意思可能是不疼，很高兴，因为游戏要玩得逼真就得这样。而真的觉得疼，受不了时，要另有约定。这约定很可能是说：不疼！所以千万别按无约定时的字义来理解。×海鹰后来说：说假的，你最爱看什么书。谁也不敢说爱看红宝书是假的，所以我就说是：李维《罗马史》、《伯罗奔尼萨战争史》、恺撒《高卢战记》等等。我爸爸是弄古典的学者，家里有的是这种书，而且我这样一个十几岁的孩子爱看这种书也不是故弄玄虚——我是在书里看怎么打仗。她怎么也不懂为什么有人会去研究古人怎么打仗。我也承认这种爱好有点怪诞。不管怎么怪诞，这里面不包含任何臭气。怪诞总比臭气要好。这件事说明我和×海鹰虽然同是中国人，仍然有语言方面的问题。我把她得罪了的事，与此又有点关系。

现在我要承认，我在×海鹰面前时，心里总是很紧张。有一句古话叫劳心者治人，劳力者治于人。到了革命时期，就是×海鹰治人，王二治于人。×海鹰中正彩，王二中负彩。她能弄懂革命不革命，还能弄懂唯物辩证法，而我对这些事一窍不通。我哪能达到她的思想水平！所以她问我盘亮不亮，谁知道她想听真的还是想听假的。

×海鹰后来和我算总账时，说我当时不但不肯承认她盘亮，而且面露诡异微笑。微笑就像痔疮，自己看不到，所以她说是有就是有。但是为什么会有这种微笑，却要我来解释。只可惜我当时没看过金庸先生的力作《天龙八部》，否则可以解释道：刚才有个星宿老怪躲在门外，朝我弹了一指"三笑逍遥散"。三笑逍遥散是金庸先生笔下最恶毒的毒药，中在身上不但会把你毒死，还能让你在死前得罪人。其实在革命时期只要能叫人发笑就够了，毒性纯属多余。假如你想让谁死得"惨不堪言"，就在毛主席的追悼大会上往他身上弹一点。只要能叫他笑一笑就够了，三笑也是浪费。但是在我得罪 × 海鹰的过程中，那一笑是结尾，不是开始。在这一笑之前，我已经笑了很多回。这个故事可以告诉你为什么在革命时期里大家总是哭丧着脸。

革命时期是一座树林子，走过时很容易迷失在里面。这时候全凭自己来找方向，就如塞利纳这坏蛋杜撰的"瑞士卫队之歌"里说的：

我们生活在漫漫寒夜，
人生好似长途旅行。
仰望天空寻找方向，
天际却无引路的明星！

我很高兴在这一团混乱里没有摔掉鼻子，也没有被老鲁咬一口。有一天我从厂门口进来，老鲁又朝我猛扑过来。我对这一套实在腻透了，就站住了不跑，准备揍她一顿，并且已经瞄准了她的鼻子,准备第一拳就打在那里。但是她居然大叫了一声"徐师傅",兜了一个大圈子绕过我,直扑我身后的徐师傅而去。像这样的朝三暮四,实在叫人没法适应。所以每个人死后都该留下一本回忆录,让别人知道他活着时是怎么想的。比方说,假如老鲁死在我之前,我就能从她的回忆录里知道她一会儿抓我,一会儿不抓我到底是为什么。让我自己猜可猜不出来。

后来老鲁再也不逮我了,却经常缠住徐师傅说个没完。从张家长李家短,一直扯到今年的天气。老鲁是个很大的废话篓子,当领导的往往是这样的。徐师傅被缠得头疼,就一步步退进男厕所。而老鲁却一步步追进男厕所去。我们厂的厕所其实不能叫厕所,应该叫作"公共茅坑",里面一点遮拦都没有,一览无余。见到他们两位进来,原来蹲着的人连屎都顾不上屙,匆匆忙忙擦了屁股跑出来。

黑格尔说过,你一定要一步步地才能了解一个时代,一步步甚为重要。但是说到革命时期的事,了解是永远谈不上的。一步步只能使你感到下次发生的事不很突兀。我说老鲁把徐师傅撵进了男厕所,你感到突兀而且不能了解。我说老鲁原要捉我,发现我要打她就不敢捉,就近捉了徐师傅来下台,你同样不能了解。但你不会感到突兀。自从去逮徐师傅,老鲁再没有来找我的麻烦,但我的日子还是一点不好过。因为现在不是老鲁,而是 × 海鹰要送我上学习班。对我来说,学习班就是学习班,不管谁送我进去都是一样的。不管是老鲁因为我画了她的毛扎扎，还是因为 × 海鹰恨我不肯说她漂亮，反正我得到那里去。那里似乎是我命里注定的归宿。

上大学本科时，我的统计教授说，你们这些人虽考上了大学，成绩都不坏，但是学概率时十个人里只能有一个学懂——虽然我也不忍心给你们不及格。他的意思是说，很多人都不会理解有随机现象，只相信有天经地义。这一点他说得很对，但是我显然是在那前十分之一以内。而 × 海鹰却在那后十分之九之内。这是我们俩之间最本质的区别。其他如我是男的，她是女的，只要做个变性手术就能变过来。只要 × 海鹰想道：我何时结巴何时不结巴，乃是个随机现象，那她就不是 × 海鹰，而是王二；而只要我想道：世界上的每一件事必有原因，王二在说我盘亮之前犯了前结巴也必有原因，一定要他说出来，那我也不会承认自己是王二，而要认为我是 × 海鹰。当然，我属于这十分之一，她属于那十分之九，也纯属随机，对于随机现象不宜乱揣摩，否则会导致吃下月经纸烧成的灰。

现在我回忆当年的事，多少也能找到一点因果的蛛丝马迹：比方说，小时我见到一片紫色的天空和怪诞的景象，然后就开始想入非非；后来我饿得要死又没有东西可吃，所以就更要想入非非。想入非非的人保持了童稚的状态，所以连眼前的女孩子漂亮不漂亮也答不上来。但是谁都不知道我六岁时为什么天上是一片紫色，也不知为什么后来我饿得要死。所以我长成这个样子纯属随机。

作为一个学数学的学生，我对黑格尔的智力不大尊重。这不是出于狂妄，因为他不是，也不该是数学家学习的榜样。当你一步步回溯一件过去的事时，当然会知道下一步会发生什么。但是假如你在一步步经历一件当前的事，你就会对未来一无所知，顶多能当个事后诸葛亮，这一点在革命时期尤甚。假如黑格尔一步步活到了五七年，也绝不知为什么自己会被打成右派，更不知道自己将来是瘦死在北大荒了呢，还是熬了下来。我一步步从七三年活到了七四年，到 × 海鹰问我她是否盘亮那一秒钟前，还是一点也不知道自己会犯前结巴，假如我能知道，就会提前说道："你盘亮"，以便了结此事。后来我更不知道自己到底会不会进学习班，一直熬到了七四年底，所有的学习班都解散了，才算如释重负。这说明一步步什么用也不顶。就算是黑格尔本人，也不能避免得罪 × 海鹰。我倒赞成塞利纳在那首诗里的概括，虽然这姓塞的是个流氓和卖国贼。

　　现在让我回答 × 海鹰当年的问题，我就不仅能答出"盘亮"，还能答出"条直"等等黑话。除此之外，还要说她 charming、sexy 等等。总而言之，说什么都可以，一定要让她满意。× 海鹰身材颀长，三围标准，脸也挺甜，说过头一点也不肉麻。除此之外，我的小命还在她手里捏着哪。现在说她漂亮意味着她可以去当大公司的公关小姐，挣大钱，嫁大款。除此之外，如果到美国去，只要上男教授的课，永远不会不及格；去考驾驶执照，不管车开得多糟都能通过。有这么多好事，她听了不会不高兴。但是在革命时期里，漂亮就意味着假如生在旧社会则一定会遭到地主老财的强奸，在越南打游击被美国鬼子逮住还要遭到轮奸。根据宣传材料，阶级敌人绝不是奸了就算，每次都是先奸后杀。所以漂亮的结果是要倒大霉，谁知道她喜欢不喜欢。

在革命时期里，漂亮不漂亮还会导出很复杂的伦理问题。首先，漂亮分为实际上漂亮和伦理上漂亮两种。实际上指三围和脸，伦理上指我们承认不承认。假如对方是反革命分子，不管三围和脸如何，都不能承认她漂亮，否则就是犯错误。因此就有：

一、假设我们是革命的一方，对方是反革命的一方，不管她实际上怎么样，我们不能承认她漂亮，否则就是堕落；

二、假设我们是反革命的一方，对方是革命的一方，只要对方实际上漂亮，我们就予承认，以便强奸她。

其他的情况不必再讲，仅从上述讨论就可以知道，在漂亮这个论域里，革命的一方很是吃亏，所以漂亮是个反革命的论域。毛主席教导我们说：凡是敌人反对的我们就要拥护，凡是敌人拥护的我们就要反对。根据这些原理，我不敢贸然说 × 海鹰漂亮。

我把 × 海鹰得罪了之后，对她解释过这些想法。她听了说：你别瞎扯了。后来我又对她说：你到底想让我说你漂亮还是不漂亮，应该事先告诉我，我的思想改造还没有完成，这些事搞不太清。她听了怒目圆睁，说道：我真想揍你一嘴巴！七四年春夏之交我

把 × 海鹰得罪了的事就是这样的。更准确地说，这是四月中旬的事。后来她就打发我去给她买炒疙瘩，我又想往她饭盒里吐吐沫。但是这个阶段很快就过去了。

六

到了五月初，我到 × 海鹰那里受帮教时，她让我在板凳上坐直，挺胸收腹，眼睛向前平视，双手放在膝盖中间，保持一个专注的模样。而她自己懒散地坐在椅子里，甚至躺在床上，监视着我。我的痔疮已经好了。除此之外，我还受过体操训练——靠墙根一站就是三小时，手腕绑在吊环上，脚上吊上两个哑铃，这是因为上中学时我们的体育老师看上了我的五短身材和柔韧性，叫我参加他的体操队，后来又发现我太软，老要打弯，就这样调理我。总而言之，这样的罪我受过，没有什么受不了的。除此之外，×海鹰老在盯着我，时不常地喝斥我几句。渐渐地我觉得这种喝斥有打情骂俏的意味。因为是一对男女在一间房子里独处，所以不管她怎么凶恶，都有打情骂俏的意味。鉴于我当时后进青年的地位，这样想实在有打肿了脸充胖子的嫌疑。

后来我到美国去，看过像《九周半》之类的书，又通读了弗洛伊德的著作。前者提供了一些感性的知识，后者提供了一种理论上的说法。这些知识和我们大有关系，因为在中国人与人的距离太近，在世界其他地方，除了性爱的伙伴不会有这么近，故而各种思想无不带有性爱的痕迹。弗洛伊德说，受虐狂是这样形成的：假如人处于一种不能克服的痛苦之中，就会爱上这种痛苦，把它看成幸福。从我个人的经历来看，这种说法有一定道理。但是有关虐待狂形成的原因，他说的就不全对。除了先天的虐待狂之外，还有一种虐待狂是受虐狂招出来的。在这方面，可以举出好多例子。以下例子是从一本讲一九〇五年日俄海战的书里摘出来的，当时日本人没有宣战，就把停在旅顺口外的俄国战舰干掉了好几条："帝俄海军将战舰泊于外海，且又不加防护，招人袭击。我帝国海军应招前往，赢得莫大光荣。"

按照这种说法，俄国人把军舰泊于外海不加防护，就好像是撅起了屁股。日本人的鱼雷艇是一队穿黑皮衣服的应召女郎，挥舞皮鞭赶去打他们的屁股，乃是提供一种性服务。这段叙述背后，有一种被人招了出来，无可奈何的心境。还有个例子是前纳粹分子写的书里说，看到犹太人被剃了大秃瓢，胸口戴着黄三角，乖乖地走路，心里就痒痒，觉得不能不过去在那些秃头顶上敲几个大包。假如这些例子还不够，你就去问问"文化革命"里的红卫兵干吗要给"牛鬼蛇神"剃阴阳头，把他们的脸画得花花绿绿的——假如他们不是低头认罪的话，那些红卫兵心里怎会有这些妙不可言的念头？另一些例子是我们国家的一些知识分子，原本迂头迂脑，傻乎乎的，可爱极了，打了他一回，还说感觉好极了，巴不得什么时候再挨一下。领导上怎能抗拒这种诱惑呢？所以就把他们打成右派了。我看到毡巴白白净净，手无缚鸡之力，也觉得他可爱极了，不打他一下就对不起他。而我在×海鹰那里受帮教时，因为内心紧张，所以木木痴痴，呆呆傻傻，也就难怪她要虐待我了。这些解释其实可以概括为一句：假如某人总中负彩，他就会变成受虐狂。假如某人总中正彩，他就会变成虐待狂。其他解释纯属多余。

　　×海鹰出门的时候，只要我不当班，就要把我带上。我说：原来你不是把我锁起来的吗？她说：原来锁，现在不，因为"你翻我抽屉"。就这样把我带到公司团委去。别人见了就问她：这小伙子是谁？　×海鹰说：我们厂的一个后进青年，叫王二。听见这样的介绍，我就出了神。直到她叫我：王二，把你干的坏事说说！才回过神来。然后我就简约地介绍道：我把我们厂团支委毡巴的一条肋骨打断了。她说：讲得仔细一点！我就说：是这样子的，我扭住了毡巴的领子，第一拳打中他的右眼，第二拳打中了他左眼，以后的拳头都打在他软肋上……×海鹰说：够了！你到外面等我吧。于是我到办公室外面去站着，叉手于胸，听见里面嘻嘻哈哈的笑。

　　×海鹰去公司时，骑一辆自行车，我跑步跟在后面。为了躲老鲁，我把自行车搁在隔壁酒厂了，假如爬墙距离很近，要是从地面走就很远。我跑步时，像一切身体健壮的小个子一样，双臂紧贴身体，步伐紧凑，这样能显得高一点。跟在×海鹰背后时，更显得像个马弁。跑着跑着就会唱出一支歌来，是歌剧《阿依达》中奴隶们的合唱——这是因为我觉得自己像个奴隶。我这个人的最大缺陷还不是色盲，而是音盲。从来没有任何人能听出我在唱什么。这就是说，在任何时期，任何时代，我想唱什么都自由。当然，我唱起来也是绝对的难听。但我不是文字盲，也就是说，我写出的文字别人能够看懂。这就是说，我不是在什么时候想写什么都自由。除了不自由，我还不能保证自己写出的东西一定会好看。照我看这一条最糟糕。

　　我在×海鹰面前坐得笔直笔直时，我们俩之间就逐渐无话可说了。与此同时，那间小房子里逐渐变绿了。这是因为院子里那些饱经沧桑的树逐渐长出了叶子，那些叶子往窗户里反光。那些树叫"什么榆""什么梅"等等，都是些很难记住的名字，一棵棵罗锅的罗锅，驼背的驼背，都像一些小老头，那些树上的肉瘤就像寿星老多肉的额头。人家说，不管什么动物，都是阉了以后活得长。所以我怀疑这些树都被阉过。院里还有一棵赤杨树，长得极疯，大概不会比我更老，已经长得一个人都抱不过来，树身开裂，流出好几道暗色的水来，这棵树肯定没有阉过。那棵树老长毛毛虫，不像那些榆啦，梅啦，什么都不长。我在那张凳子上直着脖子看树长叶子，看到入神时，常常忘了自己是谁，更忘了×海鹰是谁，与此同时，我倒记住了院子里每一棵树的模样。冬天下雪后，有人把雪堆在树下。庭院深深不见天日，雪也经久不化，只是逐渐变得乌黑，向下缩去，最后变成了一层泥。到了这个时候，所有该长的叶子都长了出来，院子也变成了一片浓绿。这个院子原有的臭气都渗到树叶里，闻不到了。相反倒能闻见一股叶子的清新气。这时候我影影绰绰地想道：我和树木之间可能有血缘关系——我是多么喜欢树呀！身为一棵树，遇到什么都可以泰然处之了。七四年春天的事就是这样的。

后来我和我老婆到英国去玩时，骑着租来的自行车走在英格兰乡间窄窄的公路上。走到一个地方，看到路边上围栏里一大片树林子。她说钻进去，我们就钻进围栏。进去以后遇到一条大狗。我狠狠地瞪了它一眼，把它瞪跑了。然后我们就钻到林子里去，这里一片浓绿，还充满了白色的雾。我老婆大叫一声：好一片林子呀！咱们坏一坏吧！于是我们就坏了起来。享受一个带有雾气、青草气息和寂静无声的性。坏完以后，又在林子里到处遛。忽然又碰上了那条狗，这会儿我再瞪它，它却不跑了，反而汪汪地叫。然后那狗背后就钻出个人来，肘弯里挎着双筒猎枪。那人使劲看了我们一眼（这时候我们俩身上除了鸡皮疙瘩一无所有），然后无声地笑了一笑，说道：穿上衣服，来喝咖啡。喝咖啡的时候那人老憋不住要笑，我老婆却镇定如常，临走时还问他吃糖不吃。那是个香蕉脸的老头子，把我们送出大门时，他偷偷对我说：你老婆真了不起。而我从始至终一言不发，保持了泰然自若的态度。

等到出了他家的门，我才发现自己一直在想：要把他那条猎枪夺过来，给他当胸一枪。这种事干起来当然是很不好的，最起码可以叫作以怨报德。但只是想想就没有什么不好了。

七四年春天我坐在椅子上看院子里的树，一言不发。×海鹰躺在床上看手表，到了一定的时候跳起来说：走！我就跟她走，跟在自行车背后跑步，从来不问她到哪里去。或者眼看天色向晚，她坐起来递给我个饭盒，说："打饭。"我就出去给她打一份炒疙瘩来，虽然我也想问问她，成天吃这一种东西腻不腻，但我从来不问。等到天黑以后，她伸个懒腰说：困了。我就走出这个房子，小心地把房门带上，自己回家去了。

×海鹰和我说话时越来越简约，而且逐渐没有了主语。比方说，叫我坐直，就说："坐直"，叫我给她打饭，就说："打饭"，叫我跟她走，就说："走"，这些话言简意赅，但是我逐渐不知道我是谁了。后来她逐渐连话都不说了，改为用手势：让我坐直往上一指，让我去打饭就指指饭盒，让我回家去就指指门，让我跟她走，什么都不用说，我自然会跟上。她指指嘴，我就开始讲自己过去遇到的事情。这样在她面前我的内心就一片空明，到了该做什么的时候自然会做。在这些简单的动作里逐渐产生了乐趣，而且经久不衰。我常常梦到×海鹰，把她吊在一棵歪脖树上，先亲吻，爱抚，然后剥光她的衣服，强奸她。我就这样地爱×海鹰，因为除此之外别无选择。

第五章

一

六七年我把"拿起笔做刀枪"招到家里来的事可以这样解释：我用这种方法给自己争到了一片领地。虽然这座楼在别人的围困之下，但是他们还没攻进来。虽然这楼里除了我还有别人，但是他们和我是一伙的，这个楼怎么说都有我的一份。虽然得到这座楼的方式不大合法，但是当时也没有合法的事。最主要的是在这里我想怎么干就可以怎么干，但是第一件事就是不能让人冲进来，把它从我手里抢回去。所以我干的第一件事就是把它修成铜墙铁壁。为此我已经竭尽全力，但是还是不能保住它。后来我就再也没有过属于我的领地。

我在那座楼里战斗时，精神亢奋，做每件事都有快感。那时我一天干的工作，现在一年也干不完（假设是给公家干）。假如让弗洛伊德解释,他会说因为我当时年龄太小,处于性欲的肛门时期,因为性欲无处发泄,所以斗志昂扬。我觉得这种说法不对。屁眼太小,不足以解释我当年的昂扬斗志。

我们守在那座楼里时,夜里没有太多的事,只是不能睡死了,叫人家摸了营去。所以打盹时,都是两个人一对背抵背。有个女大学生,不是姓黄,就是姓蓝,再不就是姓洪,总之是一种颜色,每回我都和她抵背。晚上睡着时是抵着的,早上醒时准是搂在一起。有时脸还贴在她乳房上。这件事也能说明我不是在肛门时期。

假如我本人也能算个例子的话,就可以证明男人的性欲从来就没有过一个肛门时期,只有过自命不凡的时期。那个时候看不起一切和自己不一样的人,包括老头、老太太、小孩子,还包括和自己最不一样的人——女孩子。虽然心里很想和她们玩玩,嘴头上又不承认。

我干的最糟糕的事,就是告诉了 × 海鹰有姓颜色的大学生这个人,还告诉她说,姓颜色的大学生梳了两条辫子,后脑勺枕起来像个棕织的垫子。后来她就老问那姓颜色的是怎么一个人,简直麻烦得要命。我早就告诉了她,姓颜色的大学生是个女的,她还是问个不休,老打听那个人在哪里,好像要搞同性恋一样。

有关那位姓颜色的女大学生,有一点需要补充的地方,那就是在我清醒的时候,也觉得她挺麻烦的。比方说,我正在五楼顶上和一伙人汗流浃背地布置滚木礌石，准备把进犯者通通砸死，忽听她在二楼叫我，就急星火燎地跑了去。你猜是叫我干啥吧——叫我吃面条。我留在这楼里，破坏了自己的房子，出卖了自己家的利益，还长了一身虱子，就是为了吃这种没油没盐盛在茶缸里的面条吗？我对她很反感，觉得她婆婆妈妈的。但这是我清醒时候的事。到了我睡着，或是自以为睡着了的时候，就和她拥抱，接吻，用双手爱抚她的乳房。干这种事时，她老掐我的胳膊，第二天胳臂上青印累累。这说明这样的事发生过。但是不管她怎么掐，我都没有醒来。除了没有醒，别的事都和醒着时一样。比方说，过道里点了一盏马灯，灯光一会儿红，一会儿黄，游移不定。地下有好多草垫子，给人一种建筑工地的印象。我一点没觉得是在我住了十几年的家里。姓颜色的大学生嘴里有一股奶油软糖的味道。她乳罩左边有四个扣子，解起来麻烦无比。在那方寸之地集中的扣子比我全身剩下的扣子还多，这说明女人简直是不能沾。我已经决定把这当一场梦，不管她怎么掐，都不肯醒来。这件事我没有告诉 × 海鹰，任凭她怎么问。我觉得把这种事告诉她不适宜。

　　姓颜色的大学生长得很漂亮，眉毛和头发都很黑，皮肤很白。我和她亲近时总是要勃起，而且我也知道勃起了是要干什么，但我就是不肯干。她怎么也想不到我为什么不肯——我是害怕暴露了自己是个湿被套，弄完了湿乎乎的甚是麻烦。假如她能想得到，就会提早安慰我说：这不要紧，反正大家都是湿被套，而且她不怕麻烦。后来她和我说过这样的话，但是这也是很后来的事了。当时我正忙着策划各种行动，晚上从地沟爬到校工厂里去，把各种工具偷回来，把我那座楼改造成个白蚁窝。我有一个计划，想把我们楼地下再挖两层，地上再加一层，为此已经运来了两吨钢管，还有好多水泥和钢筋。假如这个计划完成了，就可以在这里守到二十一世纪。但是这个计划没完成。

　　我给 × 海鹰讲六七年的事，一讲到姓颜色的大学生就算告一段落。从此她对别的事就不再关心，只问这一件事。我自己以为我的主要问题是打了毡巴，而我打他的原因是我爱他。但是这些话 × 海鹰连听都不要听。她总和我说这一句话：交待你和"姓颜色"的问题，别的事不要讲了！

二

　　我说过，小的时候我到处去捉蜻蜓准备放在我的电源上电死，那时候我手里提着一个铁窗纱的笼子，手指中间还夹着一根粘竿。我可以悄悄走到一只停在枝头的蜻蜓背后，伸手去捏它的尾巴，也可以用竿头的胶去粘它的翅膀。不管你怎样捕获它，总要在慢慢伸出手的同时，与它目光相接。在一片金色的朦胧下，蜻蜓有

成千上万只细碎的蓝眼睛，但是没有一只是管用的。每次我逮住一只蜻蜓，都要带着一声叹息把它放在笼子里。后来我的笼子里就有了好多红蜻蜓、蓝蜻蜓，还有一种古铜色的蜻蜓，我们叫它老仔。它们鼓动着翅膀，在被电死之前，翻翻滚滚。当然，我也可以不捉蜻蜓，让它们继续在天上飞。但是这样一来，我就无事可干。

　　小时候我逮到一只蜻蜓之后，把它拿在手里，逼视它的眼睛。这时候复眼表面的朦胧就消失得无影无踪，里面每只眼睛都放到了拳头那么大。在那一瞬间，蜻蜓也丧失了挣扎的勇气。小时候我心地残忍，杀气极浓，这一点叫我终身难忘。这件事说明，虽然我一生的主题是悲观绝望，但还有一种气质在主题之外。这种气质在我挥拳痛殴毡巴时，在我参加战斗时，还有在我电死蜻蜓时才会发挥出来。

　　除了那台电死了无数蜻蜓的电源，我还造过一台百发百中的投石机。后来我也想过，那些被我们从楼顶上打下去的人都怎样了，不过那都是好几年以后的事。经过一番计算，得出一个触目惊心的结论：假如那些人没有死，起码也负了重伤。因为投石机射出的石弹最起码也带有几千焦耳的能量，被这么多能量打中了胸口想要毫发无伤，不管穿什么盔甲都是不可能的事，更何况还要头朝下地从五层楼上摔下去。虽然为了防着这种事，楼四周都张了绳网，但是头朝下摔到网上也有可能会扭断脖子。把一切情况都算上，挨上一弹而丧命的概率最起码是百分之十五。这个结论使我很不高兴，但这也是很后来的事。当时没有人为死了人而伤心。当时是革命时期，革命时期没有人会真的死。在革命时期里杀掉了对方一个人，就如在工商社会里赚到了十几块钱一样高兴。在革命时期自己失掉了一个人，就如损失了十几块钱，有点伤心。这时候我们背上一段毛主席语录："这种方法也要介绍到老百姓那里去，村上的人死了，开个追悼会，用这种方法寄托我们的哀思……"然后就一点也不伤心，因为伤心被这种程式消化了。这种种程式就是高级智能。因为有了这种种程式，好多东西失去了它本来的意义——连死都不真了。但多少还有些真实的东西：我入了迷地造一架完美的投石机（那东西是用来打死人的，但我当时完全没有想到它会打死人）；在睡梦中和姓颜色的女大学生拥抱接吻，导致了梦遗。这些事情虽然古怪，但是真实性就在古怪之中。我还记得姓颜色的大学生乳房像两个桃子，每天早上醒来时眼睛都又红又肿；她把我掐得也真够疼的。这就是真的东西。因为毕竟还有真的东西，所以活着还是值得的。我告诉 × 海鹰这些事，是要说明在一九六七年的秋天，姓颜色的大学生在我胸中只是很多事中的一件，但是她连听都不要听。

六七年秋天的清晨，你到我长大的那所大学去，可以看到我们家过去住的那座楼房呈现出一种怪模样，以前它不是这样，后来也不是这样。有一个小个子从窗口爬出去，上了没有瓦片的楼顶上从容不迫地走着，脸上蒙了一条黑纱巾。那个人就是我。我对对面楼上打来的砖头不屑一顾，就算有一块大砖头就要击中我的头，也只稍稍弓一下腰，让它擦过我的领子；就这样向最高处走去。当时没有任何事情让我害怕。我脸上蒙着姓颜色的大学生的纱巾，它带有一点甜甜的香味，还有发丝沙沙的感觉。后来我走到最高的地方，伸了个懒腰，看到四周朝雾初升，所有的楼房都裸出了水泥的骨架，露出了黑洞洞的窗口，好像刚发了一场大水。空气是黄澄澄的，好像溶化了铁锈的水。这种景象就像后来在美国看的那些劫后余生的电影一样。我发誓，再没有一种景色让我这样满意了。

姓颜色的大学生从窗口爬上楼顶时不敢睁眼睛，需要有个人在一边拉着她的手引她到该抓的地方，然后再爬下去，托她的脚到该蹬的地方。这个过程就像把一个大包裹拖上楼去时一样，那个人手里还要拿一根镐把，因为对面楼上的人看到有人以近似静止的速度顺着脚手梯往上爬，就会用大弹弓打。他们投射过来的砖头飞到这里时速度已经相当慢，可以用木棍一一击落，但是也需要眼明手快。这个人通常是我。我从来没见过比她更笨的爬楼的人，而且她还敢说我是个小叭狗。她简直又累赘，又讨厌，十分可恨。但是后来我很爱她。这说明可恨和可爱原本就分不清。

我和姓颜色的大学生爬地沟到海淀镇去买大饼，那些地沟是砖头砌成，顶上盖着水泥板。从里面用灯光照着时，那些砖头重重叠叠，仿佛要向里面压下来。那是一段不近的路。我们俩都戴了涂胶的手套，姓颜色的大学生膝盖上还套了田径队员练腿时绑的沙袋——当然，袋里的铁砂倒掉了。我告诉她说，进了地沟就要像狗一样爬，口袋里的东西都要掏出来，否则会丢掉。她就把钱拿出来，塞到乳罩里，以免爬掉了。然后我们下到地沟里，开始爬了。我嘴里叼着马灯，爬起来膝盖不着地而且很快，这种技术也不是练了一年两年。姓颜色的大学生跟在后面，看来她爬地沟还有点天分，能跟上我。爬了一段，姓颜色的大学生忽然坐在地下，说："小叭狗！"就哈哈地笑起来了。

三

那年深秋时分，我在四楼上铺设了铁道，架起了轨道，这样我和我的投石机就能及时赶到任何危机地点。除此之外，我还在策划把投石机改为电动的，让它一分钟能发射十二颗石弹。在此之前，我已经把那座楼改造成了一颗铁蒺藜。本来这样子发展下去，谁也不能把我们从楼里撵走，就在这个时候，校园里响起了稀疏的枪声。只要有了枪炮，我做的一切都没了意义。"拿起笔做刀枪"的人开始商量如何去搞枪，我却一声也不响。也许他们能够搞到枪，但是以后的事不再有意思了。他们还说让我回家去，说我待在这里太危险；其实他们并不真想让我回家去，因为在打仗的时候谁都不希望自己的队伍里有人回家。后来我劝他们都回家去，他们不肯听，我就一个人回家去了。因为这再也不是我的游戏。凭我的力量也守不住这座楼。在我看来，一个人只能用自造的武器去作战，否则就是混账王八蛋。罗马人总是用罗马的兵器去作战，希腊人总是用希腊的兵器去作战。那时候的人在地上拣到了德国造的毛瑟手枪，肯定会把它扔进阴沟，因为他们都是英雄好汉。总而言之，钻地沟离开那座楼时，我痛苦地哭了起来，用拳头擦着眼泪。我想古代的英雄们失掉了自己的城邦时也会是这样。还没等我爬完地沟，我身上的杀气就毫无影踪了。我又变成了个悲观的人。

等到六七年的武斗发展到了动枪时，我离开了"拿起笔做刀枪"回家去了。有人可能会说我胆小，但我绝不承认。因为用大刀长矛投石机战斗，显然需要更多的勇气。就以我们院为例，自从动了枪，就没有打死过一个人。这一点丝毫不足为怪，因为在历史上也是刀矛杀掉的比枪炮多得多。原子弹造出来已经有四十多年了，除了在日本发了两回利市，还没有炸死过一个人。

我在六七年遇到的事情就是这样结束的。到了七四年冬天受帮教时，我把它一一告诉了 × 海鹰。小时候有一位老师说我是一只猪，我恨她恨到要死，每天晚上在床上时都要在脑子里把她肢解掉；而第二天早上到学校时，她居然还是好好地活着，真叫我束手无策。后来我每次见到她，都说"老师好"，而且规规矩矩地站着。过了一阵子她就不再说我是猪,而且当众宣布说她很喜欢我。我在 × 海鹰面前磨屁股并且受到逼问时,对她深为憎恶,但是憎恶没有用处,必须做点什么来化解憎恶。聊大天也是一种办法。

　　我憎恶 × 海鹰的旧军装,她坐在桌前时,毫无表情地摆弄着一支圆珠笔,好像在审特务一样。如果她不穿军装,对我就要好得多,我认为她是存心要羞辱我。除此之外,她还梳了两条辫子,辫梢搭在肩膀上。假如我不说话,屋子里空气沉闷,好像都压在我头上。有一只苍蝇从窗缝里飞出来,慢慢地在屋里兜圈子。我知道有一种水叫重水,比一般的水要重。还有一种空气是重空气,假如不用话去搅动,就会自动凝结。那时候我的肚子并不饿,所以我不是在零维空间里。但是我被粘在了凳子上不能动,所以我是在一维空间里面。这使我感到难以忍受,所以我把什么都往外讲。在我的梦里, × 海鹰掉到冰冷的水里,我把她捞了上来。她被困在燃烧的楼房里,我又把她救了出来。我是她在水深火热里的救星。假如没有我的话,她早就死了一百回了。但是这些尚不足以解释五月间我怎么会和她发生性关系。

四

　　把时光推到我在豆腐厂里当工人时,厂里男厕所的南墙原来刷得不白，隔着凝固的灰浆还能看到后面的砖头；所以那层灰浆就像吹胀的牛尿脬，刷了桐油的纸，大片的云母，或者其他在古代被认为是透明的东西。里面的砖头很碎，有红的，也有青的，粘在灰黄色的灰浆里，像一幅意义不详的镶嵌画。后来这些东西就再看不见了。因为老有人在墙上画一个肘部高扬、半坐着的裸女，又老有人在上面添上毛扎扎的器官并且添上老鲁的名字，然后又老有人用灰浆把她刷掉。这堵墙因此被越涂越白，显得越来越厚，墙里面的砖头看不到了。墙里面的一切也逐渐离我而远去。这件事在我看来有一点模糊不清的寓意：在一堵墙是半透明的时候，后面好像有另一个世界，这时候世界好像更大一点。它后来变得不透明了，世界就更狭小了。七四年我看到的厕所里的墙壁就是这样的。当时我不是画家，也没有学数学。我什么都没做过，也没有任何一种专门的知识。一切一切都和我割破手腕时是一样的，所以可以说我保留了六岁时的朴实和天真。我唯一能做的事就是观察世界，算出什么时候中负彩。而世界的确是在我四周合拢了。这是否说明我很快就会中头彩？

　　把时光往后推，我到美国去留学，住在 New England，那里老是下雨，老是飘来酸酸的花香。空气里老是有一层薄薄的水汽，好像下雨天隔着汽车雨刷刷过的挡风玻璃往外看。马路老是黑的、反射汽车的尾灯。才下午四点钟，高楼上红色的防撞灯就都亮了，好像全世界都在一闪一闪。空气好像很稀薄，四周好像很开阔。New England 好像是很稀薄的水，北京好像是很厚重的空气。白天出去上课，打工，晚上回来和老婆干事，也觉得没什么意思。这可能是因为四周都是外乡人，也可能是因为四周很开阔。我想干什么都可以，但是我什么都不想干。我总觉得这不是我待的地方，因为我的故事不在这个地方。

把时光再往前推，我是一个小孩子，站在我们家的凉台上，那时候我有四岁到五岁的样子，没有经历过后来的事情，所以我该把一切都遗忘。我的故事还没有开始，一切都是未知数。太阳照在我身上暖洋洋的，我扬起头来看着太阳，一点也不觉得晃眼，觉得晃眼是以后的事情；那时候它不过是一个金黄色的椭圆形罢了。当时我什么都不知道，但是心里也不是空空荡荡。爱，恨，厌倦，执着，等等，像一把把张开的小伞，一样都没失去，都附着在我身上。我看着太阳，我是一团蒲公英。以后这些东西就像风中的柳絮一样飘散了。回到中国以后，我想道，这是蒲公英飘散的地方。我从这里出发寻找神奇，最后也要回到这个地方。

把时光推到七四年春天受帮教之时，当时我一点也不知道这件事会怎样结束，只知道每天下午要去见 × 海鹰，在她那里度过三到四小时。当时我丝毫也没想到她是女人，更想不到她有性器官，可以和我性交。我没有见过她乳房是方是圆，更不敢妄加猜测。那时候她对我来说，不过是个坐办公室的面目不清的人罢了。那一天白天下了雪，落到房顶上的雪保留了下来，而落到地上的雪全化了。豆腐厂和它里面的院子变成了一张国际象棋棋盘——白方块、黑方块。我穿过这些方块前往她的办公室。先是老鲁抓我，现在又是 × 海鹰的逼问。我实在说不出自己对这样的事有多么厌倦，因为像这样的事什么时候能完哪。虽然空气里没有了臭气而且清新冷冽，吸进肺里时带来快感，呼出的气息化成了缕缕白烟；但是这种厌倦之心绝不因此稍减。这种心情后来过去了。但是这件事发生过。发生过的事就不能改变。后来 × 海鹰说道："假如你怨恨的话，可以像揍毡巴一样，揍我一顿。"但是她搞错了，我揍毡巴是出于爱。而且仇恨这根神经在我身上早就死掉了。

六六年我就厌倦了我爸爸，但他仍然是我爸爸。七四年我又厌倦了 × 海鹰，但是后来我又和她发生了一段性爱关系。后来我就没有厌倦过谁，也没有厌倦过任何事。现在我们所里的领导找到我，说我们也要赶超世界先进水平，让我把在美国做过那只机械狗的细节写出来。这件事十足无趣，但是我没有拒绝。不但如此，我还买了市面上最白最厚的纸，黑色的绘图墨水，用蘸水笔写长仿宋字，每个字都是二乘三毫米大小，而且字体像铅字一样规范。我交上去的材料上绝没有任何一点污损，所以不管我写的是什么，每一页都是艺术品。但是这样一来，我写得就非常之慢，谁也不好意思催我。而且他们在背地里议论说：没想到老王是这样一个人——在此之前，他们是叫我小王的。到底我是个怎样的人，他们并不真知道。连我自己都不真知道。过去我绝不肯把做过的事重做一遍，现在却在写好几年前做过工作的报告。这是不是说明我真的老了呢？其实我心里还和以前一样，以为写这种东西十足无用，但是又不可避免。我只有四十岁，人生的道路还相当漫长。我不能总是心怀厌倦吧。

五

我憎恶×海鹰时，就想起毡巴来。我，他，还有×海鹰，后来是一个三角。他们俩的裸体我都看见过。×海鹰的皮肤是棕色，有光泽，身体的形状有凹有凸，有模有样。毡巴的身体是白色，毫无光泽，就像瓷器的毛坯一样，骨瘦如柴，并且带有童稚的痕迹。冬天他穿灯芯绒的衣裤，耳朵上戴了毛线的耳套，还围一个黑色的毛围巾。那围巾无比的长，他把它围上时，姿仪万方；而且他还戴毛线的无指手套。这些东西都是他自己打的。毡巴会打毛活，给我织过一件毛背心。假如他肯做变性手术，我一定会和他结婚。不管手术成功不成功，他的乳房大不大，都要和他结婚。当然，假如这样的事发生了的话，×海鹰既得不到我，又得不到毡巴，就彻底破产了。

等到×海鹰和毡巴结婚以后，她还常常来找我，告诉我毡巴的事迹。他经常精赤条条地在双人床上趴着，一只脚朝天跷着。

毡巴的脚穿四十五号的鞋，这个号码按美国码子是十二号。除了在后脚跟上有两块红，屁股上坐的地方有两块红印之外，其他地方一片惨白。整个看起来毡巴就是一片惨白。毡巴的屁股非常之平，不过是一个长长的状似牛脚印的东西罢了。他就这样趴在床上，看一本内科学之类的书，用小拇指挖鼻子。当时是八〇年，夏天非常的闷热。× 海鹰不再梳她的大辫子，改梳披肩发，这样一来头发显得非常之多。她也不穿她的旧军装，改穿裙子，这样显得身材很好。她说毡巴看起来非常之逗，她怎么看怎么想笑，连干那件事时都憋不住，因为毡巴的那玩艺勃起后太可笑了。抱住毡巴光溜溜的身体时更想笑，总觉得这件事整个就不对头。有了这些奇异的感觉，就觉得毡巴非常可爱。见了面我就想吻她，因为她是毡巴的老婆了。以前我对她没有兴趣，但是连到了毡巴就不一样了，似乎毡巴的可爱已经传到她的身上。但是她不让我吻嘴唇，只让吻脸腮。说是不能太对不起毡巴。然后我们就讲毡巴的事来取笑。这是因为我们都爱毡巴，"爱"这个字眼非常残酷。这也是因为当时我心情甚好，不那么悲观了。

我爱毡巴，是因为他有一拳就能打出乌青的洁白皮肤，一对大大的招风耳，一双大脚，而且他总要气急败坏地乱嚷嚷。他一点都不爱我，而且一说到我揍过他一顿，而且打他时勃起了，就切齿痛恨。这种切齿痛恨使我更加爱他。他爱 × 海鹰，而 × 海鹰爱我，这是因为有一天我们俩都呈 × 形，我躺在她身上。我很喜欢想起揍了毡巴一顿的事，不喜欢想起躺在 × 海鹰身上的事。因为后者是我所不喜欢的爱情。

现在该讲讲我为什么憎恶 × 海鹰了。这件事的起因是她老要谈起我的痔疮——"你的痔疮真难看！"——每次她对我说这话，都是在和我目光正面相接时。一面说她一面把脸侧过去，眼睛还正视着我，脸上露出深恶痛绝的样子。这时我看出她的眼睛是黄色的，而且像猫一样瞳孔狭长。也不知她是对我深恶痛绝，还是对痔疮深恶痛绝。受了这种刺激之后，我就会不由自主地讲起姓颜色的大学生来。她很认真地听着，听完了总不忘说上一句"真恶心！"这话也使我深受刺激。后来她又对我说，我的痔疮实际上不是那么难看，我和姓颜色的大学生的事实际上也不恶心。这两种说法截然相反，所以必有一种是假的。但是对我来说，哪一种真、哪一种假已经不重要了。重要的是，我因为前一种说法深受刺激。我对她的憎恶已经是不可改变的了。

六

六七年秋天，"拿起笔做刀枪"刚到我们楼里来时，外面的人老来挑衅，手拿着盾牌，小心翼翼地向楼脚靠近。大学生们看到这种景象，就唱起了悲壮的《国际歌》，拿起了长矛，想要冲出去应战——悲歌一曲，从容赴死，他们仿佛喜欢这种情调。我告诉他们说，假如对方要攻楼，来的人会很多，现在来的人很少，所以这是引蛇出洞的老战术——我在树上见得多了。我们不理他们，只管修工事。过了不几天，那座楼的外貌就变得让人不敢轻犯。后来他们在对面架了好多大弹弓，打得我们不能在窗口露头。于是我做了那架投石机，很快就把所有的大弹弓全打垮了。

"拿起笔做刀枪"闯到我们楼里那一年，学校里正在长蛾子。那种蛾子是深灰色的，翅膀上长着红色的斑点。它们在空地上飞舞时，好像一座活动的垃圾堆；晚上扑向电灯泡时，又构成了硕大无比的纱灯罩。当走进飞舞的蛾群时，你也似乎要飞起来。走出来时，满头满脸都是蛾子翅膀上掉下的粉。这是因为墙上贴了厚厚的大字报，纸层底下有利于蛾子过冬。那一年学校里野猫也特别多，这是因为有好多人家破人亡，家里的猫就出去自谋生路。这两种情形我都喜欢，我喜欢往蛾子堆里跑，这是因为我吸了蛾子翅膀上的粉也不喘，而在蛾子堆里跑过以后回家，我妹妹就要喘。她是过敏体质，我却不是。我也喜欢猫。但是我不喜欢我妹妹。

那一年秋天我随时都有可能中头彩，但我总是兴高采烈。人在兴高采烈的时候根本不怕中负彩。我还说过从十三岁起，我就是个悲观主义者。但是一九六七年的秋天例外。

现在可以说说我造的那台投石机。那东西妙得很，有风速仪测风，有拉力计测拉力，还有光学测距仪。所有能动的地方全是精密刻度。发射时起码要十个人，有人报风力，有人用天平称石弹，有人测目标方位和距离，数据汇总后，我拿个计算尺算弹道，五百米内首发命中率百分之百，经常把对面楼顶上走动的人一弹就打下来。如果打对面楼上聒噪的高音喇叭，一弹就能把喇叭中心的高音头打扁，让它发出"噗噗"的声音。假如不是后来动了火器，就凭这种武器，完全是天下无敌。谈到了火器，我和堂吉诃德意见完全一致：发明火器的家伙，必定是魔鬼之流，应当千刀万剐：既不用三角学，也不用微积分，拿个破管子瞄着别人，二拇指一动就把人打倒了，这叫他妈的什么事呀！

到现在我还能记住那架投石机的每一个细节，包括每个零件是用什么做的——用指甲掐来判断木头的质地，用鼻子来闻出木头是否很干。姓颜色的大学生是我的记录员，负责记下石弹重量、风速、距离、拉力等等。当然，还要记下打着了没有。但是我根本用不着那些记录，因为发射的每一弹都在我心里——人在十六岁时记性好着哪。但是不管怎么说，做试验记录是个好习惯。我一点没记住打着了谁，被打到的人后来怎么了。他们到底是从屋脊上滚了下去呢，还是躺在原地等着别人来救。说实在的，这些事我根本没看到，或者是视而不见。我只看到了从哪儿出来了一个目标，它走进了我的射程之内，然后就测距离，上弹，算弹道。等打中之后，我就不管它了。一般总是打它的胸甲，比较好打。

有时候和人打赌，打对方头上的帽子。一弹把他头上的安全帽打下来，那人吓得在地下团团乱转。对付躲在铁网下的哨兵，我就射过去一个广口玻璃瓶，里面盛满了螺丝钉，打得那人在网子后面嗷嗷叫唤。后来他们穿着棉大衣上岗，可以挡住这些螺丝钉，但是一个个热得难受得很。再后来对方集中了好多大弹弓，要把我们打掉。而我们在楼板上修了铁轨，做了一台带轮子的投石机，可以推着到处跑。很难搞清我们在哪个窗口发射，所以也就打不掉，反倒被我们把他们的大弹弓全打掉了。我们的投石机装着钢板的护盾，从窗口露出去时也是很像样子（像门大炮）。不像他们的大弹弓，上面支着一个铁丝编的纸篓子一样的防护网（像个鸡窝），挨上一下就瘪下去。后来他们对我们很佩服，就打消了进犯的念头。只是有时候有人会朝我们这边呐喊一声：对面的！酒瓶子打不开，劳驾，帮个忙。我们愉快地接受了他们的要求，一弹把瓶盖从瓶颈上打下去。我的投石机就是这样的。

我们家变成了武斗的战场，全家搬到"中立区"，那是过去的仓库，头顶上没有天花板，点着长明电灯；而且里面住了好几百人，气味不好闻。那地方就像水灾后灾民住的地方。我常常穿过战场回家去，嘴里大喊着"我是看房子的"，就没人来打我。回到我们家时，往床上一躺，睡上几个钟头，然后又去参加战斗。×海鹰听我讲了这件事，就说我是个两面派。事实上我不是两面派。我哪派都不是。这就是幸福之所在。

我活了这么大，只有一件真正属于自己的东西，就是那台投石机。连我自己都不敢相信能造出这么准确的投石机——这就是关键所在。那玩艺后来不知到哪儿去了。现在家里虽然有些电视机、电冰箱之类，结构复杂，设计巧妙，但我一件也不喜欢。假如我做架电视给自己用，一定不会做成这样子——当然，我还没疯到要造电视机给自己用，为了那点狗屁节目，还不值得动一回手。但是人活着总得做点什么事。比方说，编编软件。我在美国给 × 教授编的软件是一只机械狗的狗头软件。后来那只狗做好了，放在学校大厅里展览，浑身上下又是不锈钢，又是钛合金，银光闪闪。除此之外，它还能到处跑，显得挺轻盈，大家见了鼓掌，但我一点都不喜欢它。因为这不是我的狗。据说这狗肚子里还借用了空军的仪器和技术来做平衡，有一回我向 × 教授打听，他顾左右而言他。这我一看就明白了：我是共产党国家来的外国人，不能告诉我。这是可以理解的，但是我不高兴，就对他说：我操你妈！你以为我稀罕知道！在美国就是这点好，心里不高兴，可以当面骂。你要是问我说了些什么，我就说我祷告哪。但是后来我选了他当导师，现在每逢年节都给他寄贺卡。这是避免恨他一辈子，把自己的肚皮气破的唯一方法。

　　"文化革命"里我也没给"拿起笔做刀枪"做过投石机，没给他们修过工事。假如我干了这些事，全都是为了我自己。× 教授也做过很多东西，不是给公司，就是给学校做，没有一件是为自己做的。所以他没有我幸福。

七

我小的时候，在锅片上划破了手腕，露出了白花花的筋膜，这给我一个自己是湿被套扎成的印象。后来我就把自己的性欲和这个印象联系起来了。我喜欢女人芬芳的气味，但是又想掩饰自己湿淋淋黏糊糊的本质。这说明对我来说，性还没有成熟。它像树上的果子一样，熟了才能吃。

我小的时候，天气经常晴朗，空气比现在好。我背着书包去上学，路上见了漂亮女人就偷偷多看她几眼。这说明我一点也不天真。我从来就没有天真过。

我在革命时期的第一个情人，就是那位姓颜色的大学生，身上有一股奶油软糖的气味。所以她又可以叫作有太妃糖气味的大学生。这一点在出汗时尤甚。我第一次看见她时，她的头发上带一点金黄色，这种颜色可以和二十年后我在法国尼斯海滩上看到的颜色相比。当时有个女人向我要一支香烟。金黄色的太阳正在天顶上融化，海面上也罩着一层金色。那个女人赤裸着上身，浑身上下与阳光同色。我给了她一支烟，自己也叼上一支，点火时才发现把烟叼反了。与此同时，我老婆对着我左边的耳朵喊：你痴了！对我的右耳朵喊：你呆了！她的气味又可以和后来我在美国注册学籍时所遇见的新生们相比，那些疯丫头在办公室里嘻嘻哈哈，带来了各种各样的香气，有的像巧克力，有的像刚出炉的法国牛角面包，有的带有花香，就像尚未开放的玉兰花，带一点清淡的酸味。每次看到我时，她都微微一笑，说：你这小坏蛋又来了。然后就帮我把扯掉了的扣子缝上。那时候我总是爬排水管到他们那里去，所以扯脱扣子的事在所难免。后来我把扣子用铜丝绑在衣服上，并且在衣襟里衬上一根钢条。这样做了以后，扣子就再也不会扯脱了。那时候我只有十五六岁，还是个小孩子。

在豆腐厂里 × 海鹰逼问我有关姓颜色的大学生的一切，我告诉她说：我不记得她姓什么，我更不知道她叫什么，我和她只接过吻。这种简约的交待使她如坠五里雾中。有时候她说：你和这个姓颜色的大学生一定干过不可告人的事情，所以你不敢讲！我听了以后无动于衷。有时候她又说：根本就没有这个人，是你胡编的——现在编不下去了吧。我听了还是无动于衷。作为一个讲故事的人，我是个制造悬念的大师，简直可以和已故的希区柯克相比。尽管我已经不再说什么，但是已经说过了一些。这些说出的话是不能收回了。

其实我和那个姓颜色的大学生还不止接过吻——我当然记得她姓什么叫什么，但是不知记在什么地方了，现在想不起来——整个六八年她都在学校里。当时"拿起笔做刀枪"已经全伙覆灭，只剩了她和我是漏网之鱼。

我们院里当时有好多红卫兵派别，"拿起笔做刀枪"是很小的一派，动武的时候也经常处于被围的状态。但是后来他们最倒霉，头头被抓起来判了徒刑，分配时，每个人都被送到了穷乡僻壤。这是因为算了总账——他们这派打死的人最多，毁坏东西也最厉害，这两件事都和我有关系。我们那座楼里打满了窟窿，原来的走道门窗全都不存在了。而且他们一面拆毁，一面加固，终于把一座二十世纪的住宅楼改成了十五世纪的城堡，甚至是东非草原上的白蚁窝。后来把它恢复原样时，花了比当初建这座楼还多三倍的钱。后来上面把他们集中起来办学习班，让他们交待谁叫这么干的，他们没把我说出来。因为说出来也没人信。我早就对他们说过，我就管帮你们打仗，别的都是你们自己的事。

当时上面派人进驻学校，把武斗队伍都解散了，把头头都抓走了，别的人关起来办学习班，追查武斗里打死人的问题。只把她一个人剩在外面，等待下乡。这大概是因为上面觉得女人不会打死人——领导上实在缺少想象力。后来她经常找我和她一起去游泳。不好意思到家里来找我，在楼下和自行车站在一起，摇着车铃。游泳时她对我说，我们就像一群小鬼，大人不在家就胡闹了一通。现在大人回家了，就把我们收拾一顿。我答应着"是呀是呀"，心里却在想：这是你们的事，别扯上我。

八

　　我对女人抱的期望一直不高，但是姓颜色的大学生是个例外。不知为什么，我总觉得她该像法国那位风华绝代的杜拉斯一样，写出一部《情人》来。如果不去写小说，也该干点与此类似的事，因为她和 × 海鹰不一样，是个感性天才。有些事情男人干不来，因为这不是我们的游戏。但是她和别的人一样，只是叫我失望。连她都自甘堕落，我对别人更不敢存什么希望。

　　那一年春天开始，我常和姓颜色的大学生到运河边上去游泳。当时那里很荒凉，到处是野草。春天水是蓝的，我和姓颜色的大学生之间话不多。她到树丛里换衣服时，让我在外面看着人。姓颜色的大学生皮肤白皙、阴毛稀疏，灰色的阴唇就像小马驹的嘴唇一样，乳房很丰满。脱掉衣服时，就像煮熟的鸡蛋剥下蛋皮，露出蛋白来。尤其是摘掉那个硬壳似的胸罩时，就更像了。在灰蒙蒙的树丛里，她是一个白色的奇迹。而且刚脱掉那些累赘的衣服时，她身上传来一股酸酸甜甜的信息。我换衣服时，她有时盯住那个导致我被称为驴的东西看着，但也是不动声色。到了水里就不停地游起来，从河这边游到河那边，一游就是十几趟。然后爬上岸来，在河边上坐到天黑。姓颜色的大学生嘴唇变成了紫色，头发上好像抹了油，眼睛里充满了油一样的光泽。我们俩之间一点都不熟，只是互相需要。她告诉我说，如果不来游泳，就坐立不安。我想这是因为她心里很烦。她又告诉我说，我好像只有五六岁的样子，和我在一起很不好意思，但是我觉得是个好现象。年龄小一点，就可以多活几年，难道不好吗？

我和姓颜色的大学生坐在树丛里，并排挺起胸膛来。我有两片久经锻炼的胸大肌，她有一对光润细嫩的乳房，乳头朝上挺着，是粉色的。后来她拍拍我的胸口说："算了。别比了。都挺好的。"

我和姓颜色的大学生去游泳，直到天黑以后。天黑以后远处灯火阑珊，河水就像一道亮油。她让我抱着她，我就抱着她，在黑暗里嗅她的气味，晚上她身上有一种温暖的气味。然后我就说：该回家了。然后我们就骑车回来。这个季节，晚上的风是暖的，就像夏天小河沟里的水，看上去黑乎乎而且透明，但是踏进去却感到温暖得出人意料。走到接近村子的地方，听到人声模糊。我爸爸要是知道我和一个大姑娘混在一起，非把我揍扁了不可。人家要是知道她和一个十六岁的男孩子混，也要把肚皮笑破。但是要问我爸爸为什么要揍我，或者要问他们为什么要把肚皮笑破，谁也答不上来。

姓颜色的大学生假如有杜拉斯的才能，能写出这样一部《情人》，会写道她的情人是个小个子，肌肉坚实，脸上、身上（肩膀、胳臂、大腿）都长满了黑毛，又似胎毛，又似汗毛，又似她后来那个秃顶丈夫抹了101生发精后头顶上催出的那种茸毛。才只十六岁，男性就长得和驴一样。站在河岸上时，又开了双腿，挺胸收腹（我不是有意这样，是在体操队被老师训练的），雄赳赳的像只小叭狗。她会提到她的情人眼睛是黑色的，但有时也会变成死灰色。她还会提到空寂无人的河岸，杂有荆棘的小树丛，到处是坚硬的土坷垃。有时候她把他拉到树丛里，让他把脸贴在自己湿漉漉的阴毛上。说明了这一点，就能说明我们不是命里注定没有好书看，而是她们不肯写，或者有人不让她们写。如果是后一种情况，那他就持我在革命时期的想法：认为这种事层次太低。

姓颜色的大学生在她的《情人》里还会说到，她的情人站在水里时，身上的茸毛都会浮起来，就像带上了静电，还像一种稀薄的蒲公英。初春的水是蓝色的，很透明。但是在这种水里并不觉得很冷。从这种水里出来，会觉得一切都是蓝色的，很透明。有时他会独自走到桥上去跳水。那个时候他还是一本正经，像个小叭狗的样子。后来她回想起这些事，一定不会为这种无性的性爱而后悔。真正后悔了的是我。

姓颜色的大学生有时候把我拉到灌木丛里，让我把手贴在她赤裸的乳房上，然后就闭上眼睛晒太阳。我把手贴在那个地方一动不动，就自以为尽到了责任，只顾自己去寻找奶油味。这种气味在腋窝和乳下尤重。我把鼻子伸到这些地方——比方说，用鼻子把乳房向上拱开，或者把鼻子伸到腋毛稀疏的地方。刚从水里出来，鼻子是凉的，这就更像只小叭狗了。在这种时候，姓颜色的大学生也觉得挺荒唐。但是后来她又想：管它呢，荒唐就荒唐。

我还能嗅到姓颜色的大学生小腹下面有一种冷飕飕的清香味，但是不好意思到那里去闻。这就像一只没睁开眼睛的小狗闻一块美味的甜点心，但是不敢去吃。对于小狗来说，整个世界充满了禁忌，不知什么时候会被大狗咬一口。对我来说，会打仗简直是小菜一碟，不学都能会。但要学会性爱，还需要很多年。

小时候我爬过了一堵高墙，进到了一个炉筒子里面，看到地下有一领草席子，还看到有做爱的痕迹。从现场的情形不难推断出那个女的必然是背抵着炉壁，艰难地跷起腿来——这不折不扣就是米开朗琪罗的著名雕像《夜》。而那个男的只能取一腿屈一腿伸的姿势，那姿势的俗称就是狗撒尿。而且那条伸着的腿还不敢伸得太厉害，否则就会碰上野屎。我觉得这样子十足悲惨——如果你不同意，起码会同意在这样一个环境下，干着又有啥意思。等到我和姓颜色的大学生试着干这件事时，心里就浮现炉筒子里的事。那时候我抱着她的肩膀（她的肩膀很厚实），脸贴着她饱满的胸膛，猛然间感到她身后是炉筒子。一股凄惨就涌上心头，失掉了控制。这在技术上就叫早泄吧。还有一件事必须提到，姓颜色的大学生是处女，也增加了难度。不管怎么说，这件事我失落得很，而且还暴露了我是个湿被套。但是姓颜色的大学生却笑了，说道：你都把我弄脏了！然后又说：我自己跟自己来。你想不想看？

六八年春天那个晚上，我对姓颜色的大学生十分佩服，但是这种佩服却不是始于那时，起码可以上溯到六七年的秋天。那时候我们俩到海淀镇去买大饼，在光天化日下掀开了马路中央的阴沟盖，从地底下钻出来。不管在什么时期，一位漂亮大姑娘以这种方式出现在人们面前，总是个很反常的现象。而且钻了这么长时间的阴沟，她还有办法出污泥而不染，因此就引起了围观。而她旁若无人地走进小饭馆，从胸罩里掏钱买大饼，然后再旁若无人地钻回阴沟里去。有时候既没有钱，又没有粮票，她就一本正经地在街头找人聊天，告诉人家我们几十个人困在大楼里，没钱吃饭。等到要到了钱，就对人家甜甜地一笑，说：谢谢你，你对我们真好。我所认识的叫化子里，就数她最有体面了。

后来姓颜色的大学生让我到树丛外去给她站岗，然后就和自己来。这时候天已经黑得差不多了，在树丛外面只能看到一个模模糊糊的白色影子，但是什么都能听到，还能闻见那种浓郁的酸酸的花香气。我觉得天地为之逆转。姓颜色的大学生在树丛里躺着时，身体洁白如雪，看上去有点轮廓不清。晚上回家以前，她让我帮她把那个有四个扣子的胸罩戴上。那东西是用白布做的，上面用线轧了好多道，照我看来像个袜子底。这种东西她有好几个，都是这样子的。有的太小，戴上后好像头上戴了太小的帽子，摇摇晃晃，有的太大，戴上去皱巴巴。她的内裤像些面口袋。总而言之，这些东西十足糟糕，穿上去不能叫穿上去，该叫套了上去。脱下来不能叫脱了下来，应该说是从她身上滑了下来。假如在臭气熏天的时期，还有什么东西出污泥而不染的话，她就可以算一件了。

我躺在姓颜色的大学生身上时，觉得她像一堆新鲜的花瓣，冷飕飕的，有一种酸涩的香味。她的乳房很漂亮，身体很强壮，在地上躺久了，会把地上的柴草丝沾起来。时隔这么多年回想起来，我觉得她的身体像一种大块的 cheese，很紧凑很致密，如果用力贴紧的话，有一种附着力。因此不该轻轻地抚摸，而应当把手紧紧地附着在上面。当年我做得很对。她教给了我女人是什么。女人不是世界上唯一的奇迹，但是连这都不知道的话，那就更是白活了。

然后她从树丛里跑出来，说道：走，回家去。还抱抱我的脑袋。这时候我觉得沮丧，好像斗败了的公鸡，而且觉得自己在她面前不过是个小叭狗罢了。受这种挫折对我大有好处，因为我生性十分狂妄。后来我记住，不管什么时候，都不要忘记自己是个小叭狗和湿被套，狂妄的毛病就大见好。

后来姓颜色的大学生就下乡去锻炼，回城来，结婚，生孩子。干这些事时，就如从阴沟里钻出来，遇乱不惊。她心里始终记着这个小叭狗似的男孩子。这是女性的故事，和我没有关系，虽然写出来我能看懂。而我是一个男性，满脑子都是火力战，白刃战，冲锋，筑城这样一批概念。虽然和她亲近时也很兴奋，但是心里还是腻腻的，不能为人。就好像得了肝炎不能吃肥肉。革命时期对性欲的影响，正如肝炎对于食欲的影响一样大。

第六章

一

假设我是个失去记忆的人，以七四年夏天那个夜晚为起点，正在一点点寻回记忆的话，那么当时王二看到的是个肤色浅棕的女人，大约有二十三岁，浑身赤裸，躺在一张棕绷的床上。她像印第安女人一样，梳了两条大辫子，头发从正中分成两半。后来王二常到她家里去，发现她每次洗过头后，一定要用梳子仔仔细细把头发分到两边，并且要使发缝在头顶的正中间，仿佛要留下一个标记，保证从这里用快刀劈开身体的话，左右两边完全是一样重。梳头的时候总是光着身子对着一面穿衣镜，把前面的发缝和两腿中间对齐，后面的发缝和屁股中间对齐。后来王二在昏黄的灯光下凑近她，发现她的头发是深棕色的，眉毛向上呈弧形，眼睛带一点黄色，瞳孔不是圆形，而是竖的椭圆形。她乳头的颜色有点深，但是她不容他细看，就拉起床单把胸口盖上了。这个女人嘴唇丰满，颧骨挺高，手相当大，手背上静脉裸出。她就是×海鹰。我认为她很像是铜做的。在此之前几分钟，他们俩一个人在床头，一个人在床尾，各自脱衣服，一言不发，但是她在发出吃吃的笑声。她脱掉外衣时，身上劈劈啪啪打了一阵蓝火花，王二一触到她时，被电打了一下。然后他们俩就干了。他和她接触时毫无兴奋的感觉，还没有电打一下的感觉强烈；但是在性交时劲头很足——或者可以说是久战不疲。但是这一点已经不再有意义。

王二和×海鹰干那件事时，心里有一种生涩的感觉，仿佛这不是第一次，已经是第一千次或者是第一万次了。这时候床头上挂着她的内裤，是一条鲜红色的针织三角裤。这间房子里只有一个小小的北窗，开在很高的地方，窗上还装了铁条。屋里充满了潮湿、尘土和发霉的气味。有几只小小的潮虫在地上爬。地下有几只捆了草绳子的箱子，好像刚从外地运来。还点了一盏昏黄的电灯，大概是十五瓦的样子，红色的灯丝呈 W 形。

王二和×海鹰干那件事之前，嗅了一下她的味道。她身上有一点轻微的羊肉汤味。这也许是因为吃了太多的炒疙瘩。因为豆腐厂门口那家小饭铺是清真的，炒菜时常用羊油。但是这种味道并不难闻，因为那是一种新鲜的味道，而且非常轻微。那天晚上灯光昏暗，因为屋里只有一盏十五瓦的电灯。她的下巴略显丰满，右耳下有一颗小痣。×海鹰总是一种傻呵呵的模样。我说的这些都有一点言辞之外的重要性。长得人高马大，发缝在正中，梳两条大辫子，穿一套旧军装，在革命时期里就能当干部，不管她心里是怎么想的，不管她想不想当。×海鹰说，她从小就是这样的打扮，从小就当干部。不管她到了什么地方，人家总找她当干部。像王二这样五短身材，满头乱发，穿一身黑皮衣服，就肯定当不了干部。后来王二果然从没当过干部。

假设×海鹰是个失去记忆的人，从七四年夏天那个夜晚寻回记忆的话，她会记得一个相貌丑恶，浑身是毛的小个子从她身上爬开。那一瞬间像个楔子打进记忆里，把想象和真实连在一起了。后来她常常拿着他的把把看来看去，很惊讶世界上还会有这样的东西——瘫软时像个长茄子，硬起来像捣杵。它是这样的难看，从正面看像一只没睁开的眼睛，从侧面看像只刚出生的耗子。从小到大她从来就没想到过要见到这样的东西，所以只能想象它长在了万恶的鬼子身上。从小到大她就没挨过打，也没有挨过饿，更没有被老师说成一只猪。所以她觉得这些事十分的神奇。她觉得自己刚经受了严刑拷打，遭到了强奸；忍受了一切痛苦，却没有出卖任何人。但是对面那个小个子却说：根本就没有拷打，也没有强奸。他也没想让她出卖任何人。这简直是往她头上泼冷水。

这个小个子男人脸像斧子砍出来的一样，眼睛底下的颧骨上满是黑毛，皮肤白皙。这个男人就是王二。他脱光了衣服，露出了满身的黑毛。这使 × 海鹰心里充满了惊喜之情。她告诉王二说，他的相貌使她很容易把他往坏处想，把自己往好处想。她对王二说，他强奸了她。他不爱听。她又说他蹂躏了她。他就说，假如你坚持的话，这么说也没有什么不可以。后来她又得寸进尺，说他残酷地蹂躏了她。这话他又不爱听。除此之外的其他字眼她都不爱听，比如说我们俩有奸情、未婚同居等等。他的意思无非是说，这件事如果败露了，领导上追究下来，大家都有责任。这种想法其实市侩得很。

这件事又是我的故事，而这件事会发展到这个样子，连我自己都不敢相信。难道我不是深深地憎恶她，连话都不想讲吗？难道她不曾逼问我和姓颜色的大学生之间的每件事，听完了又说"真恶心"吗？假如以前的事都是真的，那么眼前我所看到的一切就只能有一个解释：有人精心安排了这一切，并派出了 × 海鹰，其目的是要把我逼疯掉。而当我相信了这个解释的同时，我就已经疯了。我有一个正常人的理智，这就是说，我知道怎么想是发了疯。尽管如此，我还是要往这方面去想。这件事只能用我生在革命时期来解释。

在此之前，我记得她曾经想要打我，但是忘了到底是为什么。× 海鹰要打我时，我握住了她的手腕，从她腋下钻了过去，把她的手拧到了背后，并且压得她弓起腰来。这时候我看到她脖子后面的皮都红了，而且整个身体都在颤抖。等我把她放开，她又面红耳赤，笑着朝我猛扑过来。这件事实在出乎我的意外，因为我一点也没想到眼前的事是可笑的，更不知它可笑在哪里。所以后来我把她挡开了，说：歇会儿。我们俩就坐下歇了一会儿，但是我还是没想出是怎么回事，并且觉得自己已经成了一根不可雕的朽木头。与此同时，她一直在笑，但是没有笑出声。不过她那个样子说是在哭也成。

后来她就把我带到小屋里去，自己脱衣服。这个举动结束了我胸中的疑惑。我想我总算是知道我们要干什么了，而且我在这方面算是有一点经验的，就过去帮助她，但是她把我一把推开，说道：我自己来。口气还有点凶。这使我站到了一边去，犯开了二百五。脱到了只剩一条红色的小内裤，她就爬到床上，躺成一个大大的 × 形，闭上了眼睛，说道："你来吧，坏蛋！坏蛋，你来吧！"这样颠三倒四地说着，像是回体文。而我一直是二二忽忽。有一阵子她好像是很疼，就在嗓子里哼了一声。但是马上又一扬头，做出很坚强的样子，四肢抵紧在棕绷上。总而言之，那样子怪得很。这件事发生在五月最初的几天，发生在一个被"帮教"的青年和团支书之间。我想这一点也算不得新鲜，全中国有这么多女团支书，有那么多被帮教的男青年，出上几档子这种事在所难免。作为一个学过概率论和数理统计的人，我明白得很。但是作为上述事件的当事人之一，我就一点也不明白为什么有这样的事发生。

二

七四年夏天那天晚上发生的事还有：×海鹰穿了一件皱巴巴的针织背心，脱下来以后，赶紧塞到枕头底下了。王二还觉得她的皮肤有点绿，因为她老穿那件旧军衣。至于她要动手打他的事，她是这么解释的：你老跟我装傻！但是王二一点也记不得自己曾经装傻。像这样的事要一点一点才能想得起来。也许他不是装傻，而是原本就傻。在她家的床上，王二总喜欢盘腿半跪半坐，把双脚坐在屁股下，把膝盖叉开，把手放在膝盖上，这时候整个人就像一朵扎出的纸花，或者崩开了的松球——从一个底子（王二的屁股）里，放射出各种东西：他的上身，他的折叠过的腿，他的阴毛和阴茎（它们是黑黑的一窝），每一件东西都坚挺不衰。到了那个时候，麻木也好，装傻也好，全都结束了。彩中完了时就是这样的。小时候我从外面回家，见到我爸爸怒目圆睁，朝我猛扑过来，心脏免不了要停止跳动。等到挨了揍就好了，虽然免不了要麻木地哭上几声，但主要是为了讨他欢心。揍我我不哭，恐怕他太难堪。

王二胸口长了很多黑毛，紧紧地蜷在一起，好像一些小球，因此他的胸口好像生了黑锈一样。拔下一根放在手掌里，依然是一个小球，如果抓住两端扯开的话，就会变成一根弯弯曲曲的线，放开后又会缩回去。因此每根毛里都好像是有生命。夜晚王二躺在床上时，× 海鹰指指他的胸口，问道：可以吗？他在胸口拍一下，她就把头枕上去，把大辫子搭在王二的肚子上。如果她用辫梢扫那个地方，他就会勃起，勃起了就能性交。这件东西根本不似王二所有。她家里那间小屋子很闷。性交时她有快感，那时候她用手把脸遮一下，发出擤鼻子一样的声音，一会儿就过去了。

但是这件事又可能是这样子的：我伏到 × 海鹰身上时，她双目紧闭，牙关紧咬，脸上显出极为坚贞不屈的样子；四肢叉开，但是身体一次次地反张；喉咙里强忍着尖叫。那个样子几乎把我吓住了。所以我也把自己做成个 × 形，用手压住她的手腕，用脚抵住她的脚面，这样子仿佛是在弹压她。× 海鹰的身体是冷冰冰的，表面光滑，好像是抛光的金属。干完了以后我也不知为什么会是这样。

我和 × 海鹰干完了那件事，跪在床上把胸口对在一起，那样子有几分像是斗鸡。× 海鹰跪在床上，还是比我要高半头。这时候她的乳房在我们俩中间堆积起来，分不清是谁长的了。那东西有点像北京过去城门上的门钉。这些事情都属正常。但是我们俩之间怎么会出了这样的事，我还是莫名其妙。

我和 × 海鹰躺在她家那张棕绷的大床上时，我常常伸出右手，用食指和中指把她的乳头夹住。我的手背上有好多黑毛，甚至指节上也有，因此从背面看去，那只手像个爪子。× 海鹰向下看到这种情形，就绷直了身体一声不吭，脸上逐渐泛起红晕。我很想把身上的黑毛都刮掉，但这件事应该是从手上做起的——假如手上的毛没有去掉，把身上的毛去掉就没有意义。用右手刮掉左手的毛是很容易的，反过来就很困难。这是因为我的左手很笨。而两只手一只有毛，另一只没有的话，还不如让它都留着哪。其实还有别的方法可以把手上的毛去掉。比方说，我可以用一分松香，加一分石蜡降低熔点，把它融化以后，把手背上的毛粘在上面，待冷凝后，再把它揭下来——屠宰厂就用这种办法给猪头拔毛。但是我觉得没必要这样子和自己过不去。这些事说明我的本性是相当温良的。尽管如此，在钳住她的乳头时，我还是感到一种逼供的气氛。我真想把气氛变成事实，也就是说，逼问一下到底是谁派她来耍我的。但是我忍住了，没有干出来。因为一干出来我就是疯子了。

　　×海鹰说我像个强盗，原因除了我长得丑，身上有毛之外，还因为我经常会怪叫起来。不管白班夜班，厂里厂外，还是走到大街上，我都会忽然间仰天长啸，因此我身上有一种啸聚山林的情调。其实这是个误会，我不是在长啸，而是在唱歌，没准在唱《阿依达》，没准在唱《卡门》，甚至唱领导上明令禁止唱的歌。但是别人当然听不出这其中的区别。×海鹰因此而倾心于我，这倒和革命时期没有关系。古往今来的名媛贵妇都倾心于强盗。我们俩之间有极深的误会：她喜欢我像个强盗，我不喜欢像个强盗。因为强盗会被人正法掉。我这个人很惜命。

其实 × 海鹰没说我像个强盗，而是说我像个阶级敌人。但我以为这两个词的意思差不多。我初听她这样说时吓出了一头冷汗。在此之前，我以为我遇上老鲁、× 海鹰和我捣乱纯属偶然，丝毫也没想到自己已经走到了革命的反面。后来 × 海鹰又安慰我说，不要紧，你只是像阶级敌人，并不是阶级敌人。听了这样的话，心里总有点不受用。

假如我理解得不错的话，成为阶级敌人，就是中了革命时期的头彩了。这方面的例子我知道一些，比方说，我们的一个同学在六六年弄坏了一张毛主席像，当时就吓得满地乱滚，嗷嗷怪叫。后来他没有被枪毙掉，但也差得不很远。每一个从革命时期过来的人都会承认，中头彩是当时最具刺激的事情，无与伦比的刺激。

我十三四岁的时候，常常独自到颐和园去玩。我总是到空寂的后山上去，当时那里是一片废墟。钻进树林子就看到一对男女在那里对坐，像一对呆头鹅。过一两个小时再去看，还是那一对呆头鹅。我敢担保，在这段时间里，他们没说过一句话，也没有动过一动。我对此很不满意，就爬到山上面去，找些大石头朝他们的方向滚过去，然后就在原地潜伏下来，等他们上山来找我算账。等了好久，他们也不来。所以我又下山去，到原来的地方去看，发现他们不在那里了。他们在不远的地方，还是在呆坐着。这种情形用北京话来说，叫作"渗着"。也许当年我就想到了，总有一个时候，这两个渗着的人会开始呆头呆脑地性交，这件事让

158

我受不了。事隔这么多年，我还是有点纳闷：人家呆头呆脑地性交，我有什么可受不了的。也许，是那种景象可爱得叫人受不了吧。而我自己开始和 × 海鹰性交时，也是呆头呆脑。

在革命时期所有的人都在"渗着"，就像一滴水落到土上，马上就失去了形状，变成了千千万万的土粒和颗粒的间隙；或者早晚附着在煤烟上的雾。假如一滴水可以思想的话，散在土里或者飞在大气里的水分肯定不能。经过了一阵呆若木鸡的阶段后，他们就飘散了。渗着就是等待中负彩。我一生一世都在绞尽脑汁地想：怎么才能摆脱这种渗着的状态。等到我感觉和 × 海鹰之间有一点渗着的意思，就和她吹了（而且当时强化社会治安的运动也结束了）。使我意外的是她一点都没有要缠着我的意思，说吹就吹了。这件事也纯属可疑。

三

我在豆腐厂工作时，厂门口有个厕所。我对它不可磨灭的印象就是臭。四季有四季的臭法，春天是一种新生的、朝气蓬勃、辛辣的臭味，势不可当。夏天又骚又臭，非常的杀眼睛，鼻子的感觉退到第二位。秋天臭味萧杀，有如坚冰，顺风臭出十里。冬天臭味黏稠，有如糨糊。这些臭味是一种透明的流体，弥漫在整个工厂里。冬天我给自己招了事来时，正是臭味凝重之时；我躲避老鲁的追击时，隐隐感到了它的阻力。而等我到×海鹰处受帮教时，已经是臭味新生、朝气蓬勃的时期了。这时候坐在×海鹰的屋里往外看，可以看到臭味往天上飘，就如一勺糖倒在一杯水里。臭味在空气里，就如水里的糖浆。在刮风的日子里，这些糖浆就翻翻滚滚。因为不是每个人都能看到紫外线，我也不能保证每个人都能看到这种现象。刮上一段时间的风，风和日丽，阳光从天顶照下来，在灰色的瓦顶上罩上一层金光，这时候臭味藏在角落里。假如久不刮风，它就堆得很高，与屋脊齐。这时候透过臭气看天，天都是黄澄澄的。生活在臭气中，我渐渐把姓颜色的大学生忘掉了。不仅忘掉了姓颜色的大学生，也忘掉了我曾经受挫折。渐渐地我和大家一样，相信了臭气就是我们的命运。

我在塔上上班时，臭味在我脚下，只能隐隐嗅到它的存在。一旦下了塔置身其中，马上被熏得晕头涨脑，很快就什么也闻不到了。但是闻不到还能看到，可以看到臭味的流线在走动的人前面伸展开，在他身后形成旋涡。人在臭味里行走，看上去就像五线谱的音符。人被臭味裹住时，五官模糊，远远看去就像个湿被套。而一旦成了湿被套，就会傻乎乎的了。

有关嗅觉，还有一点要补充的地方。当你走进一团臭气时，总共只有一次机会闻到它，然后就再也闻不到了。当走出臭气时，会感到空气新鲜无比，精神为之一振。所以假如人能够闻不见初始的臭气，只感到后来的空气新鲜，一团臭气就能变成产生快乐的永动机。你只要不停地在一个大粪场里跑进跑出就能快乐。假如你自己就是满身的臭气，那就更好，无论到哪里都觉得空气新鲜。空气里没了臭气就显得稀薄，有了臭气才黏稠。

　　七四年夏天到来的时候，×海鹰带我上她家去。她家住在北京西面一个大院里，她想叫我骑车去，但是我早就不骑自行车了，上下班都是跑步来往。第二年我去参加了北京市的春节环城跑，得了第五名。所以我跟在她的自行车后面跑了十来公里，到了西郊她家里时，身上连汗都没出。那个大院门方方正正，像某种家具，门口还有当兵的把门，进去以后还有老远的路。她家住在院子尽头，是一排平房。门前有一片地，去年种了向日葵，今年什么都没有种。地里立着枯黄的葵花秆，但是脑袋都没有了，脚下长满了绿色的草。她家里也没有人，木板床上放着捆着草绳的木箱子，尘土味呛人，看来她也好久没有回去了。她开门进去后就扫地，我在一边站着，心里想：如果她叫我扫地，我就扫地。但是她没有叫我。后来她又把家具上盖着的废报纸揭开，把废纸收拾掉。我心里想道：假如她叫我来帮忙，我就帮把手。但是她没有叫我，所以我也没有帮忙。等到屋里都收拾干净了，我又想：她叫我坐下，我就坐下。但是她没有叫我坐下，自己坐在椅子里喘气。我就站在那里往屋外看，看到葵花地外面有棵杨树，树上有个喜鹊窝。猛然间她跳起来，给我一嘴巴。因为我太过失神，几乎被她打着了。后来她又打我一嘴巴，这回有了防备，被我抓住了手腕，拧到她背后。如果按照我小时候和人打架的招法，就该在她背后用下巴顶她的肩胛，她会感到疼痛异常，向前摔倒。但是我没有那么干，只是把她放开了。这时候她面色涨红，气喘吁吁。过了一会儿，她又来抓我的脸。这件事让我头疼死了。最后我终于把她的两只手都拧到了背后，心里正想着拿根绳把她捆上，然后强奸她——当时我以为自己中了头彩，真是无与伦比的刺激。

　　× 海鹰带我到她家里去那一天，天幕是深黄色的，正午时分就比黄昏时还要昏暗。我跟在她的车轮后面跑过撒满了黄土的马路——那时候马路上总是撒满了地铁工地运土车上落下的土，那种地下挖出来的黄土纯净绵软，带有糯性。天上也在落这样的土。我以为就要起一场飞沙走石的大风，但是跑着跑着天空就晴朗了，也没有起这样的风。我穿着油污的工作服，一面跑一面唱着西洋歌剧——东一句西一句，想起哪句唱哪句。现在我想起当年的样子来，觉得自己实在是惊世骇俗。路上的行人看到我匆匆跑过，就仔细看我一眼。但是我没有把这些投来的目光放在心上。我不知道 × 海鹰要带我到哪里去，也不知道要带我去干什么。这一切都没有放在我心上。我连想都不想。那个时期的一切要有最高级的智慧才能理解，而我只有最低级的智慧。我不知道我很可爱。我不知道我是狠心的鬼子。我只知道有一个谜底就要揭开。而这个谜底揭开了之后，一切又都索然无味。

四

一九六七年我在树上见过一个人被长矛刺穿，当时他在地上慢慢地旋转，嘴巴无声地开合，好像要说点什么。至于他到底想说些什么，我怎么想也想不出来。等到我以为自己中了头彩才知道了。这句话就是"无路可逃"。当时我想，一个人在何时何地中头彩，是命里注定的事。在你没有中它的时候，总会觉得可以把它躲掉。等到它掉到你的头上，才知道它是躲不掉的。我在×海鹰家里，双手擒住×海鹰的手腕，一股杀气已经布满了全身，就是殴打毡巴、电死蜻蜓、蹲在投石机背后瞄准别人胸口时感到的那种杀气。它已经完全控制了我，使我勃起，头发也立了起来。在我除了去领这道头彩而无路可走时，心里无可奈何地想道：这就是命运吧。这时她忽然说道：别在这里，咱们到里屋去。这就是说，我还没有中头彩。我中的是另一种彩。这件事实在出乎我的意料之外。

后来我在×海鹰的小屋里，看见了杨树枝头红色的嫩叶在大风里摇摆，天空是黄色的，正如北京春天每次刮大风时一样。这一切都很像是真的，但我又觉得它没有必要一定是真的。宽银幕电影也能做到这个样子。

后来我还到过北大医院精神科，想让大夫看看我有没有病。那个大夫鼻孔里长着好多的毛，拿一根半截火柴剔了半天指甲后对我说：假如你想开病假条，到别的医院去试试。我们这里的假条是用不得的。我想这意思是说我没有病，但是我没有继续问。在这件事上我宁愿存有疑问，这样比较好一点。直到现在有好多事情我还是不明白，我想，这不是说明我特别聪明，就是说明我特别笨，两者必居其一。

革命时期过去以后，我上了大学，那时候孤身一人，每天早上起来在校园里跑步。每天早上都能碰上一个女孩子。她一声不响地跟在我后面，我头也不回地在前面跑。我以为用不了多少时间就能把她甩掉，但是她始终跟在我后面。后来她对我说：王二，你真棒！吃糖不吃？她就是我老婆。过了不久，她就说，咱们俩结婚吧！于是就结了婚。新婚那天晚上她一直在嚼口香糖，一声也没吭，更没有说什么"坏蛋你来吧"。后来她对我放肆无比，但也没说过这样的话。这件事更证明了我所遇到的一切纯属随机，因为我还是我，我老婆当时是团委秘书，×海鹰是团支书，两人差不多，倘若是非随机现象，就该有再现性。怎么一个管我叫坏蛋，一个一声不吭？

后来我和我老婆到美国去留学，住在一个阁楼上。我们不理别人，别人也不理我们，就这样过了好长时间。她每天早上到人行道上练跳绳，还叫我和她一块跳。照我看来，她跳起绳来实在可怕，一分钟能跳二百五十下。那时候我还是精瘦精瘦的，身手也很矫健，但是怎么也跳不了这么多——心脏受不了。所以我很怀疑她根本就没长心脏，长了一个涡轮泵。半夜里我等她睡着了爬起来听了听，好像是有心脏。但这一点还不能定论。这只能证明她长了心脏，却不能证明她没长涡轮泵。我的第一个情人身上有股甜甜香香的奶油味道。那一回我趁她睡着了，仔细又闻了闻，什么都没闻到。

我老婆长得娇小玲珑，白白净净，但是阴毛腋毛都很盛，乌黑油亮，而且长得笔直笔直，据我所知，别人都不是这样。她还喜欢拿了口香糖到处送给别人吃。在美国我们俩开了汽车出去玩时，到了黄石公园里宿营。她又拿了糖给旁边的小伙子吃。人家连说了七八个"No，thank you"，她还死乞白赖地要给。后来天快黑的时候，那两个小伙子搭了一个小得不得了的帐篷，都钻了进去，看样子是钻进了一个被窝里，她才大叫一声：噢！我知道了！具体她知道了什么，我也没去打听。因为我讲了什么她都不感兴趣，所以她讲什么我也没兴趣。

我老婆有种种毛病，其中最讨厌的一种就是用拳头敲我脑袋。假如是在高速公路上开车时我犯困，敲一下也属应该。但是她经常毫无必要地伸手就打过来。等你要她解释这种行为时，她就嬉皮笑脸地说：我看你发呆就手痒痒。她还有个毛病，就是随时随地都想坏一坏。走到黄石公园的大森林里，张开双臂，大叫：风景多么好呀！咱们俩坏一坏吧！走到大草原的公路上，又大叫道：好大一片麦子！咱们俩坏一坏吧！经常在高速公路边上的停车场上招得警察来敲窗户，搞得尴尬无比。事后她还觉得挺有趣。我们俩到了假期就开着汽车到处跑，到处坏。坏起来的时候，她跷起腿来夹住我的腰，嘴里嚼着口香糖，很专注地看着我，一到了性高潮就狂吹泡泡。这种景象其实蛮不坏。但是对眼前的事还是不满意。每个人活着，都该有自己的故事。我和我老婆这个故事，好像讲岔了头绪。

我说过，我老婆学的是 PE。她也得学点统计学，所以来找我辅导。我就把我老师当年说过的话拿出来吓唬她。你想想吧，像我们学数学的学生十个人里才能有一个学会，像她那种学文科出身的还用学吗。她听了无动于衷，接着嚼口香糖，只说了一声：接着讲。然后我告诉她，有个现象叫 random，就是它也可能是这样，也可能是那样，全没一定。她说这就对着啦。后来我发现她真是个这方面的天才。用我老师的那种排列法，我能排到前十分之一，她就能排到前百分之一。我说咱们能够存在是一种随机现象，她就说这很对。她还说下一秒钟她脑子里会出现什么念头，也是随机现象。所以她对自己以后会怎么想，会遇到什么事情等等一点都不操心。谁知这么一位天才考试时居然得了 C。我觉得是我辅导得不好，心里别扭。谁知她却说：太好了，没有 down 掉。为此还要庆祝一下——坏一坏。我因为没辅导好很内疚，几乎坏不起来。

我现在是这样理解 random——我们不知为什么就来到人世的这个地方，也不知道为什么会遇到眼前的事情，这一切纯属偶然。

在我出世之前，完全可以不出世。在我遇上 × 海鹰之前，也可以不遇上 × 海鹰。与我有关的一切事，都是像掷骰子一样一把把掷出来的。这对于我来说，是十分深奥的道理，用了半生的精力才悟了出来，但是要是对我老婆说，她就简简单单地答道：这就对着啦！照她的看法，她和我结了婚，这件事纯属偶然，其实她可以和全世界的任何一个男人结婚。她就是这样一个天才。像这样的天才没有学数学，却在给人带操，实在是太可惜了。

我和我老婆的感情很好，性生活也和谐，但这不等于我对她就一点怀疑都没有了。首先，她嫁我的理由不够充分。其次，她的体质很可疑。最后，有时她的表现像天才，有时又像个白痴；谁知她是不是有意和我装傻。在这一切的背后，是我觉得一切都可疑。但是我能克制自己，不往这个方面想得太多。

第七章

一

　　我现在回国来了，在一家研究所里工作。我又遇上了那位姓颜色的大学生——我的第一个情人。在革命时期我们接过吻，现在她已经成了半老太太了，就在我们那条街上工作。她对我说：原来你长大了也就是这样呀——言语间有点失望，仿佛我应该是丘吉尔似的。后来她又问我有没有挣大钱的路子。我对她也有点失望，因为她憔悴而虚胖，和老鲁当年要逮我时简直是一模一样。而且她闻起来也一点都不像太妃糖，头发上有油烟味，衣服上有葱姜的味道。当然我也没有指望她像二十三岁时一样的漂亮，但是我指望她依然身材苗条，风姿绰约，这并不过分。但是我没有说出来，只告诉她找到挣钱的路子一定找她搭伙，就分手了。

　　我和姓颜色的大学生谈过我的欧洲见闻。夏天整个欧洲充满了一支大军，疲惫、风尘仆仆、背着背包和睡袋，阳光晒得满脸雀斑，头发都褪了色，挤满了车站和渡口，他们就是各国度假的学生。早上到艾菲尔铁塔去玩，下面睡了一大排，都裹在各种颜色的睡袋里，看上去好像发生了一场枪战，倒了一街死人。小伙子们都很健壮，大姑娘们都很漂亮，有些人口袋里还放着格瓦拉或者托洛茨基的书。真是一种了不起的资源。似乎应该有人领导他们制造投石机、铠甲，手执长矛爬上房顶，否则就是一种浪费。但这个人不是我，我已经老了，不在他们其中。混在他们中间排队买学生票进博物馆时，想到自己已经三十六岁了，有一种见不得人的感觉，虽然欧美人不大会看东方人的年龄（我们的年龄长在脸上，不在肚子上）。倒是我老婆满不在乎，到处问人吃糖不吃。然后人家就问起我是什么人。然后就是一声惊叫：Hus——band？大家一起把谴责的目光投到我脸上来，因为都觉得她只有十六七岁的样子。然后我就宣布和她立即离婚。姓颜色的大学生听了以后，皱皱眉头说，你都是这样，我更是老太太了。

把时光回溯到六八年春天，我和姓颜色的大学生在河边上时，当时眼前是一片无色的萧杀世界。树干都是灰秃秃的，河里流着无色的流体，天上灰蒙蒙的有很多云块，太阳在其中穿行，时明时暗，但也没有一点红，一点黄。地上的土是一些灰色的大大小小的颗粒。姓颜色的大学生搂着我躺在小树丛里。她身上湿漉漉的，我心里慌慌的。有时候阳光把我烤得很暖，有时候风又把我吹得甚凉。当时的情形就是这样。

我和姓颜色的大学生在河边上时，没想到还有将来，只想到此时此刻。当时我很想和她干，又害怕干起来自己会像个蜡人一样融化。当时我丝毫也没想到后来还会有很多事情，更没想到再过六年会遇上一个 × 海鹰；假如想得到，就不会把自己的熔点估计得那么低。经过了这种时刻，后来和 × 海鹰干时，就像一个打了二十年仗的老兵上前线，镇定如常。我估计那时候 × 海鹰的心里倒是慌慌的，因为她后来告诉我说："我好像在你手上死了一回。"这种感觉叫我很满意。我不满意的是自己没有在姓颜色的大学生那里死掉。这种死掉的感觉，就是幸福吧。

我和姓颜色的大学生在河岸上的时候，× 海鹰正在干些奇怪的事。她穿上了旧军装，背上背包，和一帮同年的女孩子在乡间的土路上长征，就在离她们不远的地方，汽车和火车滚滚开过。后来她们跑到河北白洋淀一个村子里，要和当地的农民同吃同住同劳动，但是农民都躲着她们，不和她们住在一起，把工具都藏起来，把她们种过的地刨了重种，把她们拔过的麦子重拔一遍，最后终于把她们撵跑了。这件事没让她们学到半点世故，在回来的路上照样嘻嘻哈哈地笑。我和 × 海鹰好时，她给我讲过这件事。当时她坐在那张棕绷的大床上，穿着鲜红色的三角裤，一边讲一边笑。那时候我坐在她身边，闻见她身上传来青苹果的气息。在革命时期里她是个童贞女，而且发誓要做一辈子的童贞女。所以她要时时刻刻保持天真状态。

我和姓颜色的大学生出去玩时，有时她会忽然感到恶心，就躲开我，到没人的地方去吐，回来的时候身上太妃糖的气味更重了。我说，你可能有病，应该去看看。她说没有病。后来我自以为聪明地说：你可能怀孕了。她打了我一下说：混账，我和谁怀孕？然后又诧异道：你怎么会知道这种事？从非常小的时候我就知道好多这类的事，但都是半懂不懂的。

后来她告诉我说，她呕吐，是因为想起了一些感到恶心的事，在这种情况下，她宁愿马上吐出来，也不愿把恶心存在胸间。原来她是想吐就能吐出来的。除此之外，姓颜色的大学生眉毛很黑，皮肤很白。她身上只有这两种颜色，这样她就显得更纯粹。不像×海鹰是棕色的，身上还有一点若隐若现的绿色。这大概是绿军装染的吧。

我从来不会感到恶心，只会感到沮丧。对同一件事情我们有全然不同的反应，这就是男人和女人的区别吧。姓颜色的大学生听了这样的解释，诧异道："男人！你是个男人？"我说真新鲜，我不是男人，难道是女人？后来我想出了这话里隐含的意思，就生了气，不理她。她又解释道：我不是说你，而是说我们大家。你也不是男人，我也不是女人。谁也不知道咱们算些什么。

我和×海鹰从来没有出去玩过，总是待在她家的小黑屋里。那间房子没有阳面的窗子，只有一个向北的小窗户，开得很高，窗框上还镶了铁条。她说这屋子有一种她喜欢的地下工作的气味。我能在那里闻出一种霉味来，虽然不算太难闻。除此之外，我还看见过一只潮虫，像滚动一样爬过。那盏小灯昏黄的灯光和阴森森的墙壁混为一体。我已经知道了她说的气味是什么，但是我不喜欢。

我和姓颜色的大学生好时从来没到过任何房子里，从来就是在野外，在光天化日之下，也许就是因为这个，我觉得和她的每件事都更值得珍惜。我和姓颜色的大学生接吻时，她总是用一根手指抵住我的下巴，稍一接触就把我推开；我和×海鹰好时，没有主动吻过她。但我和×海鹰性交时，勃起如坚铁，经久不衰；而和姓颜色的大学生的情形，我觉得还是不说更好一点。

我到豆腐厂工作之前，姓颜色的大学生说过让我和她一起走。因为她爱我，所以可以由她来养活我，将来我再养活她。这实际是让我和她私奔，但是在一般的私奔事件里更世故的一方该是男的；在我们这里搞颠倒了。我以为这种想法太过惊世骇俗，所以没有答应。我猜她也不是太认真的，所以后来不打招呼就走掉了。

姓颜色的大学生曾经用她那对粉雕玉琢似的丰腴乳房对着我那张多毛的小丑脸，这个景象给我们俩都留下了深刻的印象——我猜就是因为在这一刻产生的怜惜之情，她才起了养活我的念头。其实我根本不用她养活，但这一点无关紧要；实际上我也没有被她养活过，这一点也无关紧要。重要的是这样的话已经说了出来。

我和她的爱情是什么样子的，就由这一句话固定了。

我和 × 海鹰经历过一模一样的事情。六八年秋天，姓颜色的大学生已经走了，我回到学校里去受军训，每天在队列里正步走。我们俩都一本正经地走着，所不同的是我阴沉着脸一声不吭，她却嘻嘻哈哈笑个不停。我还被叫出队来，给大家示范正步走，这件事叫我烦得要命，但我不想顶撞教官（当时不叫教官，叫作排长）。顺便说一句，我的正步走得好，完全是因为我在体操队里练过，和军训没有一丝一毫的关系。当然，教官乐意说这是因为他们训练得好也没有关系。各种步法队形都操练好了以后，就开始思想教育、斗私批修、忆苦思甜等等。无论大会小会我都是一言不发。假如教官点到我，我就说：下回再发言吧。而 × 海鹰总是要一本正经地写个发言稿来念的。后来 × 海鹰问我为什么从来不在会上发言，我想了想答道：不想发。事实上，不管在任何场合，只要在座有三个以上的人，我就尽量不说话。要是只有两个人，我就什么都敢说。这是我一生不可更改的习惯。

把时光推回到我守在自己那座楼里时，我不知道这座楼很快就要不属于我，还在妄想把它守到千年万代。姓颜色的大学生看我时带上了怜惜的表情，她告诉我说，这座楼我们最后还是要交出去的，但是我不相信。而且我还认为女人就是头发长见识短。当时我只有十五岁多一点，还不大知道什么是女人，但是有了很多偏见。

深秋时节我在楼顶上走动时，看到晨雾日深。过去每年这个时节校园里都有好多烟，这是因为工人会把杨树叶扫到一处，放火烧掉。杨树叶子着火时，味道别提有多么苦了。那一年没有扫树叶，它们就被风吹到角落里堆积起来，沾上了露水之后开始腐烂，发出一种清新的味道，非常好闻。假如这个校园里总在打仗的话，楼与楼之间很快就会长满一人深的荒草，校园里的人也会越来越少（当时校园里的人已经很少，都吓跑了），野猫却会越来越多。最后总会有一天狼也会跑到这里来追逐野兔子。在我看来，这比挤满了人，贴满了大字报要好。姓颜色的大学生知道了这些就说：王二，你真疯！

因为最后还是失掉了我据守的楼房，六八年我回到学校军训时，感觉自己经受了挫折，像个俘虏兵。所以当教官喊"排头兵，出列！"时，我就乖乖走出来。姓颜色的大学生感到自己受了挫折时，就不停地呕吐，好像怀了孕。而×海鹰从来就没受过什么挫折。

再把时光推回到六八年春天，我和姓颜色的大学生待在河岸上时。那时候有些从云隙里透下来的光斑在田野上移动，我对她说：我们打了败仗。要是在古代，大伙就要一起去做奴隶。像你这样漂亮的姑娘会被铁链锁住，拴在大象上，走在队伍的前面。她说是吗，漂亮的脸上毫无表情。后来又说，别说这些了。这时候荒芜的河岸上一片灰蒙蒙，小树的枝头正努力发出绿芽来。T.S. 艾略特说：四月是残酷的季节。他说得对。

二

我和我老婆到意大利去玩时，坐在火车上穿过亚平宁半岛，看到那些崎岖不平的山地上种着橄榄树，那些树都老得不得了，树皮像烧焦的废塑料。我乐意相信这些树从古罗马活到了现在，虽然那些树边上就是年轻的柑橘树，还有现代化的喷灌设备在给柑橘树上水。后来我们又到庞贝古城去参观，看到城里的墙上古人留下的字迹"选勇士张三当保民官！""李四是胆小鬼，别选他！"等等，就觉得收到了公元前的信息。那个时候每个人都是战士，每座房子都是工事，不管什么官，都是军事首领。这片废墟永远是吵吵闹闹的，只可惜在那些废墟里什么味道也闻不到。据我所知，世界上各种东西里，就数气味最暂时了，既不可能留下废墟，也不会留下化石。假如庞贝古城里出现了公元前的气味，那些雕像和在火山灰里浇铸出的古人的模型就会一齐借尸还魂，跳起来争吵，甚至大打出手。我想象他们的气味应当是一种火辣辣的萧杀之气，就像火葬场的气味，或者生石灰的味道。一个不安定的时代就该充满这种味道，而不该像我后来供职的豆腐厂一样，像个大粪场。

走在废墟上，总是能感到一种浪漫气氛。小时候我也浪漫过。在那座楼里据守时，我在楼顶上建了一个工作间，那里有钳工的工作台、砂轮机、台钻等等搬得进来的东西（当然都是从校工厂里偷出来的），我觉得凭这些工具，还能造出更精良的器械，外面的人永远攻不进来。我们可以永远在校园里械斗，都打着毛主席的红卫兵的旗号；就像中古的骑士们一样，虽然效忠于同一个国王，却可以互相厮杀。这样光荣属于国王，有趣属于我们。除此之外，我还希望全世界的武斗队伍都来攻打我们，试试我们的防守能力。这样的想法太天真，这说明我看了太多的不该看的书。姓颜色的大学生比我大得多，知道我很天真（她说，我们的生活不是这么安排的），就怀着一种悲天悯人的心情爱上了我。等到校园里动了枪，工宣队解放军冲了进来，把武斗队伍统统解散，我就永远失去了这份天真。

　　我天真的时候想过，我们应该享受一个光荣的失败。就像在波斯尘土飞扬的街道和罗马街头被阳光灼热的石板上发生过的那样，姓颜色的大学生应该穿上白色的轻纱，被镀金的锁链反锁双手，走在凯旋的队伍前面，而我则手捧着金盘跟在后面，盘里盛着胜利者的战利品。在这片刻的光荣之后，她就被拉到神庙里，惨遭杀戮，作为献神的祭品。而我被钉在十字架上，到死方休。如果是这样，对刚刚发生的战争就有了交待。而一场战争既然打了起来，就该有个交待。但是事实不是这样的。事实上交战的双方，都被

176

送到乡下教小学，或者送去做豆腐。没有人向我们交待刚才为什么要打仗，现在为什么要做豆腐。更没人来评判一下刚才谁打赢了。我做的投石机后来就消失在废料堆里，不再有人提起。我们根本就不是战士，而是小孩子手里的泥人——一忽儿被摆到桌面上排列成阵，形成一个战争场面；一忽儿又被小手一挥，缺胳膊少腿地跌回玩具箱里。但是我们成为别人手里的泥人却不是自己的责任。我还没有出世，就已经成了泥人。这种事实使我深受伤害。

假如事实未使我受到伤害，我会心甘情愿地死在酷热的阳光下，忍受被钉的剧痛，姓颜色的大学生被反缚着双手，也会心甘情愿地把血管喂给祭司手里的尖刀，然后四肢涣散，头颈松弛地被人拖开，和别的宰好的女人放在一起。比之争取胜利，忍受失败更加永恒。而真正的失败又是多么的让人魂梦系之呀。

时隔十几年，我才想明白我和姓颜色的大学生在河边上时说了些什么。我说：给我一场战斗，再给我一次失败，然后我就咽下失败的苦果。而她早已明白没有战斗，没有失败。假如负彩开到了你头上，苦果就是不吃也得吃。但她只是呕吐，什么也不和我说。

现在我想到姓颜色的大学生再见到我时的情形。她说：你长大了也就是这样呀——这应该是一声惨呼吧。我还该是什么样呢。在空旷无人的河边上，我那张小丑脸直对着她的漂亮乳房，那个景象不同凡响。我对她寄予了很大希望，她又对我寄予了很大希望。

到后来我看到她形容憔悴，闻到她身上的葱姜气感到失望，她看到我意气消沉神色木然又何尝不失望。这说明她后来也像我爱她那样爱我吧。没有人因为她长得漂亮就杀她祭神，也没人因为我机巧狠毒就把我钉死。这不是因为我们不配，而是因为没人拿我们当真——而自己拿自己当真又不可能。

三

×海鹰给我讲过十六岁时听忆苦报告的情形。当时我们俩都在学校里，那两个学校隔得不远，大概上学时还见过面，但是那时我不认识她，她也不认识我。那种报告会开头时总要唱一支歌："天上布满星，月牙亮晶晶。"听见歌所有的人就赶紧哭，而我低下头去，用手捏鼻梁——一捏眼泪就会流出来，这样我和别人一样也是眼泪汪汪，教官不能说我阶级感情不深。然后我就看着报告人——一个解放军，摘下帽子，坐到桌子后面，讲了一会儿，他涕泪涟涟。但是他讲的是什么，我一点也没听见。后来×海鹰告诉我说，那是鼓楼中学的一位教导员，他的忆苦报告赫赫有名，就像在古希腊荷马讲的《伊利亚特》《奥德赛》一样有名。后来又发现他说的全是假话，成为革命时期的一大丑闻，假如革命时期还有丑闻的话。我们两个学校是近邻，听大报告总是在一起的，所以我在礼堂里捏鼻子的时候,她也在那个礼堂里。但是她听见的那些事,我一点都不知道。这都是因为我觉得自己是个俘虏兵,不该我打听的事我都不打听。

现在该谈谈那些忆苦报告了。说实在的,那种报告我从来听不见,我有选择性的耳聋症,听不见犯重复的话。所有的忆苦报告里都说,过去是多么的苦,穷人吃糠咽菜,现在是多么的甜,我们居然能吃到饭;所以听一个就够了。后来×海鹰告诉我,那些忆苦报告内容还有区别,我听了微感意外。比方说,那位军训教导员讲的故事是这样的:在万恶的旧社会,他和姐姐相依为命,有一年除夕(这种故事总是发生在除夕),天降大雪(这种故事发生时总是天降大雪),家里断了炊。他姐姐要出去讨饭(这种故事里总是要讨饭),他说,咱们穷人有志气,饿死也别上老财家讨饭,等等。我听到这里就对×海鹰说:底下我知道了——该姐姐被狗咬了。但是我没说对。那位姐姐在大街上见到了一个冻硬了的烤白薯,搁在地上,连忙冲过去拣起来,拿回来给他吃。但遗憾的是那东西不是个烤白薯,而是很像烤白薯的一个冻住的屎橛子。听完了这个报告后,回来后我们讨论过,但是我开会从来不发言,也不听别人的发言。所以到底讨论了什么,我一点都不知道。据说那一回的讨论题是对那个屎橛子发表意见。后来我想了半天才说道:这个故事是想要说明在万恶的旧社会穷人不仅吃糠咽菜,而且吃屎喝尿。×海鹰说,这种想法说明我的觉悟很低,我不愿意到大会上去发言，亦不失是藏拙之道。她发言的要点是：那个屎橛子是被一个地主老财屙在那里的，而且是蓄意屙成个白薯的样子，以此来迫害贫下中农。换言之，有个老地主长了个十分恶毒的屁眼，应该把他揪出来。对于屎橛子能做如此奇妙的推理，显然是很高级的智慧，很浪漫的情调。不必实际揪出长了那个屁眼的老地主，只要揭穿了他的阴谋，革命事业已经胜利了。而认真去调查谁屙了这个屎橛子，革命事业却可能会失败——虽然是微不足道的失败，所以×海鹰也不肯干这种事。有了这样高级的智慧，再加上总穿旧军装，×海鹰到哪儿都能当干部。

有关革命时期的高级智慧，我还有补充的地方：在我看来，这种东西的主要成分就是浪漫，永远要出奇制胜，花样翻新。别人说到一根屎橛子，你就要想到恶毒的屁眼和老地主。不管实际上有没有那根屎橛子，你都要跟着浪漫下去。

四

后来有一回，在×海鹰家里，她只穿着那条小小的鲜红色针织内裤躺在棕绷大床上。只有在做爱时她才脱下那条内裤，在那种时候她的胯间依然留有红色的痕迹。然后马上穿上。这时我伸出双手，用手指钳住她两侧的乳头。她低头看了一下，就说：这很好。

然后闭上了眼睛。这时候我想道：那条鲜红的内裤，原来是童贞的象征。她在刻意地保持童贞。童贞就是一种胜利，它标志着阶级敌人还没有得逞。

我学画时，从画册上知道了圣芭芭拉是被凶残的异教徒用铁钳夹住乳头折磨至死；所以当时我就想道："噢，原来你是圣女芭芭拉，我是异教徒。现在我总算明白了我是谁啦。"后来我才知道自己不是凶残的异教徒，而是狠心的日本鬼子。这件事实在出乎我的意料。

那位教导员的忆苦报告 × 海鹰还给我讲过一些。其中有这样一段：在月黑风高之夜，该教导员的四个姑姑，加上四个表姐，以上女性都在妙龄，被"狠心的鬼子"架到一个破庙里强奸了。这是她第一次听到强奸这个字眼，除此之外，还听到过一些暗示——"糟蹋了""毁掉了"等等——但是第一次听到强奸这个字眼。当时她恍然大悟，心慌意乱。虽然恍然大悟，却不知悟到了些什么。她还告诉我说，假如当时有个人在她面前叫出"性交"这个字眼，她就会晕死过去。但是这个字眼的意思是什么，她也是一毫都不懂。她能听懂的就是：她本人就是那四个表姐和四个姑姑之一，被狠心的鬼子带到了破庙里；但是这个故事到这里就打住了。直到六年以后那狠心的鬼子才真正到了她身边——那个狠心的鬼子就是我。这个教导员的故事我原本早就听过，但是我听而不闻。

有关恍然大悟，我还知道这样一些例子。我在美国打工时，那位熟识的大厨炒着菜，忽然大叫一声，恍然大悟，知道了下期六合彩的号码是在电话号码本的 yellow page 上。他叫我马上去查两个号码告诉他，但是厨房里没有电话号码，所以我到前台去找。正好赶上一个洋鬼子鬼叫一声，他吃了一口大厨炒的菜，被咸得找水喝，还硬逼着 waiter 也尝尝那道菜。当然，阿基米德是在恍然大悟后发现了他的定律。这说明恍然大悟有两种，一种悟了以后比以前聪明，一种悟了以后比以前更傻。我这一辈子所见都是后一种情形。而我用不着恍然大悟，就知道自己被扯进了一种游戏之内，扮演着反面角色，只是不知道具体是哪一种。等到知道自己是狠心的鬼子之后，还是不免恍然大悟了一下。

有关我成了狠心的鬼子的事，还有必要加一点说明。虽然我个子矮，但不是罗圈腿，也不戴眼镜，祖籍在四川，怎么也不能说我是个日本人。但是性爱要有剧情，有角色，×海鹰就拿我胡乱编派。其实我宁愿她拿我当异教徒，因为我本来就是异教徒。反正我不当日本人。

五

其实那个教导员的故事还没有完。他又画蛇添足，编出好多细节来：比方说，那些狠心的鬼子是一支细菌部队，强奸之后，又把他的姑姑和表姐的肚子剖开，把肠子掏出来，放在油锅里炸。这位可怜的教导员没见过做细菌实验，只见过炸油条。除此之外，他还加上了一些身临其境的描写，好像他也混迹于那些狠心的鬼子中间，参加了奸杀表姐姑姑的行动。这位大叔现在大概是五十多岁，现在大概正在什么地方纳闷，不明白那些故事是真还是假。假如是真的话，他到哪里去找那些表姐和姑姑。如果是假的话，为什么要把它们编出来。我猜他永远想不明白，因为编造这些假话的事，既不是从他始，也不是到他终。我以为这原因是这样的：在万恶的旧社会，假如你有四个姑姑和表姐被日本鬼子奸杀，就是苦大仇深，可以赢得莫大光荣；除此之外，还对革命事业做出了伟大的贡献。在这种情况下，难免会有人想贡献几个姑姑或者表姐出来，但是在此之前，必须先忘掉自己有几个姑姑和表姐——这才是最难的事。不管怎么样吧，反正 × 海鹰听了心里麻酥酥的。她告诉我说，听了那个报告，晚上总梦见疾风劲草的黑夜里，一群白绵羊挤在一起。这些白色的绵羊实际上就是她和别的一些人，在黑夜里这样白，是因为没穿衣服。再过一会儿，狠心的鬼子就要来到了。她们在一起挤来挤去，肩膀贴着肩膀，胸部挨着胸部。后来就醒了。照她的说法，这是个令人兴奋不已的梦。但是当时我根本没听出到底是什么在叫人兴奋。我还认为这件事假得很。

现在我对这些事倒有点明白了。假如在革命时期我们都是玩偶，那么也是些会思想的玩偶。×海鹰被摆到队列里的时候，看到对面那些狠心的鬼子就怦然心动。但是她没有想到自己是被排布成阵，所看到的一切都是出于别人的摆布。所以她的怦然心动也是出于别人的摆布。她的一举一动，还有每一个念头都是出于别人的摆布。这就是说，她从骨头里不真。想到了这一点，我就开始阳痿了。

把时光推到七四年的夏天，×海鹰家里那间小屋里总是弥漫着一种气味，我以为是交欢时男女双方的汗臭在空气里汇合发生了化学反应生成的，是一股特殊的酸味；就像在这间房子里放了一瓶敞开了盖的冰醋酸。冰醋酸可以用来粘合有机玻璃，我用有机玻璃做半导体收音机的外壳，非常好看。有人出钱买我的，我卖给他；我爸爸知道了狠狠揍了我一顿，并且把钱没收了。他的理由是我小小的年纪，不应该这样的"利欲熏心"。其实他不该打我，因为我既然小小年纪，就不可能利欲熏心。人在小时候挨了打，长大了就格外的生性。在交欢时，我的生性就随着汗水流了出来，蒸腾在空中。那间房子里虽然不太热，但是很闷。一开始，我们躺在棕绷上，所以×海鹰的身上总是有些模模糊糊的红印。后来换上了一领草席子，她身上又箍上了一层格子似的碎印。她自己觉得这种痕迹很好看，但我觉得简直是惨不忍睹。

那一年夏天，我常常用手指钳住×海鹰的乳头。她那个地方的颜色较深，好像生过孩子一样。这是因为她生来肤色深，但也是因为她不生性。每次在交欢之前，她脸色通红，对我相当凶。到了事后，她却像挨了打的狗一样，讪讪地跟在我后面。她对我凶的时候，我觉得很受用；不凶的时候很不受用。

六

我现在还是个喜欢穿黑皮衣服的小个子，脸上长满了黑毛，头发像钢丝刷子，这一切和二十年前没有什么两样。姓颜色的大学生变成了一个冬天穿中式棉袄的半老妇人，×海鹰的身材已经臃肿，眼睛也有点睁不开的样子。从她们俩身上已经很难看出当年的模样。当年我遇到她们时，也不是最早的模样。再早的模样，她们都给我讲过。姓颜色的大学生上过一个有传统的女子中学，夏天的时候所有的学生都必须穿带背带的裙子，黑色的平底布鞋；在学校里管老师叫先生，不管老师是男的还是女的。而那些先生穿着黑色的裙子，带袢儿的平底布鞋，梳着发髻，罩着发网，带有一种失败了的气氛。躺到她怀里时闻到温馨的气味，感到白皙而坚实——和她做爱，需要一些温柔。但是我当时一点都不温柔。而×海鹰总是穿旧军装，"文化革命"里在老师的面前挥舞过皮带。那种皮带是牛皮做的，有个半斤多重的大铜扣，如果打到脑袋上立刻就会出血，但是她说自己没有打过，只是吓唬吓唬。她并不喜欢有人被打得头破血流，只不过喜欢那种情调罢了。躺到她身上时，感到一个棕色的伸展开了的肉体。和她做爱需要一些残忍，一些杀气。但是当时我又没有了残忍和杀气。我觉得自己是个不会种地的农民，总是赶不上节气。

　　×海鹰小的时候，看过了那些革命电影，革命战士被敌人捆起来严刑拷打，就叫邻居的小男孩把她捆在树上。在她看来，我比任何人都像一个敌人。所以后来她喜欢被我钳住她的乳头。像这样的游戏虽然怪诞，毕竟是聊胜于无。她就从这里出发，寻找神奇。秘密工作，拷打，虐杀，使她魂梦系之。在我看来这不算新奇，我也做过秘密工作。六七年我们家住在中立区时，我在拆我们家的家具。每天下午，我都要穿过火线回家吃晚饭，那时候我高举着双手，嘴里喊着："别打！我是看房子的！"其实我根本不是看房子的，是对面那些人的对立面，"拿起笔做刀枪"中最凶恶的一员。那时候我心里忐忑不安，假如有人识破了我，我可能会痛哭流涕，发誓以后再不给"拿起笔做刀枪"干活。而且我还会主动提出给他们也做一台投石机，来换取一个活命的机会。这是因为我做的投石机打死了他们那么多人，如果没有点立功表现，人家绝不会饶过我。假如出了这样的事，我的良心就会被撕碎，因为"拿起笔做刀枪"中不单姓颜色的大学生，每个人都很爱我。当然我也可能顽强不屈，最后被人家一矛捅死；具体怎样我也说不准，因为事先没想过。秘密工作不是我的游戏——我的游戏是做武器，我造的武器失败以后，我才会俯首就戮。所以后来我就不从地面上走，改钻地沟。× 海鹰说，我是个胆小鬼。假如是她被逮到了的话，就会厉声喝道：打吧！强奸吧！杀吧！我绝不投降！只可惜这个平庸的世界不肯给她一个受考验的机会。

在革命时期，有关吃饭没有一个完整的逻辑。有的饭叫忆苦饭，故意做得很难吃，放进很多野菜和谷糠，吃下去可以记住旧社会的苦。还有一种饭没有故意做得难吃，叫作思甜饭，吃下去可以记住新社会的甜。一吃饭就要扯到新社会和旧社会并且要故意，把我的胃口都败坏了。在革命时期有关性爱也没有一个完整的逻辑。有革命的性爱，起源于革命青春战斗友谊；有不革命的性爱，那就是受到资产阶级思想的腐蚀和阶级敌人的引诱，干出苟且的事来。假如一种饭不涉及新社会／旧社会，一种性爱不涉及革命／不革命，那么必定层次很低。这都是些很复杂的理论，在这方面我向来鲁钝，所以我小心翼翼地避开这些领域，长成了一个唯趣味主义者，只想干些有难度有兴趣的事，性欲食欲都很低。我克制这两个方面，是因为它们都被人败坏了。

有关革命时期，我有一些想法，很可能是错误的。在革命时期，我们认为吃饭层次低，是因为没什么可吃的，假如 beef, pork, chicken, cheese, seafood 可以随便吃，就不会这么说了。因为你可以真的吃。那时候认为穿衣服层次低，那也是因为没什么可穿的。一年就那么点布票，顾了上头，顾不了屁股。假如各种时装都有就不会这样想，因为可以真的穿。至于说性爱层次低，在这方面我有一点发言权，因为到欧洲去玩时，我一直住寄宿舍式的旅店，洗公共澡堂，有机会做抵近的观察。而且我这个人从小就被人叫作驴，不会大惊小怪。那些人的家伙实在是大，相比之下我们太小。这一点好多华裔人士也发现了，就散布一种流言道：洋鬼子直不直都那么大。这一点也是纯出于嫉妒，因为一位熟识的同性恋人士告诉我说，他们直起来更大得可怕。这说明我们认为性爱层次低，是因为没什么可干的。假如家伙很大，就不会这么说，因为可以真的干。两个糠窝头，一碗红糖稀饭，要是认真去吃，未免可笑。但说是忆苦饭和思甜饭，就大不相同了。同理，毡巴那种童稚型的家伙拿了出来，未免可笑，但要联系上革命青春战斗友谊，看上去也会显得大一点。然而我的统计学教师教导我说，确定事件之间有关系容易，确定孰因孰果难。按照他的看法，在革命时期，的确是没的吃、没的穿、家伙小，并且认为吃、穿、干都层次低；但你无法断定是因为没吃没穿家伙小造成了认为这些事层次低呢，还是因为认为这些事层次低，所以没的吃，没的穿，家伙也变小啦。但是这两组事件之间的确是有关系。我本人那个东西并不小，但假如不生在革命时期，可能还要大好多。生在革命时期，可以下下象棋，解解数学题。还可以画两笔画，但是不要被人看见。在革命时期也可以像吃忆苦饭或者思甜饭一样性交。假如不是这样性交，就没什么意思了。

七

　　我和 × 海鹰在她家里干那件事时，户外已是温暖的，甚至是燥热的季节，室内依然阴凉，甚至有点冷。我脱掉衣服时，指甲从皮肤上滑过时，搔起道道白痕，爆起了皮屑。我能看到每一片皮屑是如何飞散的，这说明我的皮肤是干性的。而在我面前逐渐裸露出来的身体，我却没怎么看见。对于正要干的事，我的确感到有罪，因为那是在革命时期。当时西斜的阳光正从小窗户里照进来，透过了一棵杨树，化成了一团细碎的光斑，照到 × 海鹰那里，就像我六岁时看到灯光球场上的那团飞蛾一样。从某种意义上讲，我不能干这件事，但是我又不得不干。在革命时期性交过的人都会感到这种矛盾。有一种智慧说，男女之间有爱慕之心就可以性交，但这是任何时期都有的低级智慧。还有一种智慧说，男女之间充满了仇恨才可以性交。每次我和 × 海鹰做爱，她都要说我是坏蛋，鬼子，坏分子，把我骂个狗血淋头。这是革命时期的高级智慧。我被夹在两种智慧之间，日渐憔悴。

　　在此之前，我一个人待着时，不止一次想到过要强奸 × 海鹰，这件事做起来有很多种途径。比方说，我可以找点氯仿或者乙醚来，把她麻醉掉，还可以给她一闷棍。甚至我可以制造一整套机关，把她陷在其中。像我这样智多谋广的人，如果是霸王硬上弓，未免就太简单了。但是到了最后，连霸王硬上弓都没有用

189

到。这件事让我十分沮丧。事情过去之后，我又二二忽忽的。×海鹰说，我把她强奸了。我对此有不同意见，我们俩就为这件事争论不休。她说，我说你强奸了，就是强奸了。我说，你这样强横霸道，还不知是谁强奸谁。争到了后来，发现她把一切性关系都叫作强奸，所有的男人都是强奸犯。最后的结论是：她是个自愿被强奸的女人，我是个不自愿的强奸犯。还没等到争清楚，我们就吹了。

和 × 海鹰吹了之后，我苦心孤诣地作起画来，并且时刻注意不把炭条带到厂里来。我在这件事上花的精力比干什么都多，但是后来没了结果。我哥哥也花了同样多的精力去研究思辨哲学，但是最后也没了结果。那年头不管你花多么大的精力去干任何事，最后总是没有结果，因为那是只开花不结果的年代。而 × 海鹰依旧当她的团支书，穿着她日益褪色的旧军装，到大会上去念文件，或者在她的小屋里帮教落后青年。但是事情已经有了一点改变——她已经和全厂最坏的家伙搞过，或者按她自己的理解，遭到了强奸。她已经不那么纯粹。也许这就是她要的吧。

八

七四年夏天，我还是常到 × 海鹰那里去受帮教，但是帮教的内容已经大不一样了。她总要坐到我腿上来，还要和我接吻，仿佛这件事等到天黑以后就会太晚了。其实那时候我已经接近阳痿，但她还是要和我搂搂抱抱。我知道这件事早晚会被人看见，被人看见以后会有什么样的结果实在叫人难以想象，但是我又觉得没什么可怕的。×海鹰在我膝上，好像一颗沉甸甸的果实，她是一颗绿色的芒果。我觉得她沉甸甸，是因为她确实不轻，大概比我要重。我觉得她是生果子，是因为我和她不一样。

那时我想起姓颜色的大学生，嘴里就有一股血腥味，和运动过度的感觉是一样的。这是因为我们在一起经历了失败，又互相爱过——再没有比这更残酷的事了。假如我们能在一起生活，每次都会想把对方撕碎。假如不能在一起生活，又会终身互相怀念。一方爱，一方不爱，都要好一点。假如谁都不爱谁，就会心平气和地在一起享受性生活。这样是最好的了。虽然如此，我还是想念她。因为那是一次失败，失败总是让我魂梦系之。

现在我看到姓颜色的大学生时，她有时把头转过去，有时把目光在我脸上停留片刻，就算打过了招呼。这件事说明，那次失败也一笔勾销了。

×海鹰说，她初次看到我时，我骑着车子从外面破破烂烂的小胡同里进来，嘴里唱着一支不知所云的歌，头发像钢丝刷子一样朝天竖着，和这个臭气弥漫的豆腐厂甚不谐调。然后她出于好奇爬到塔上来看我，却被我一把捉住手腕撵了出来。然后我就使她怦然心动。根据一切高级智慧，她不该理睬我这样的家伙，但是她总忍不住要试试。这种事的结果可想而知。后来在她的小屋里，我们果然叫人看见了。开头是被路过的人从窗户里影影绰绰地看见，后来又被有意无意推门进来的人结结实实地看见。再后来整个厂里都议论纷纷。据我所知，她好像并不太害怕被人看见。

后来 × 海鹰告诉我说，她也觉得自己在七四年夏天坏了一坏。唯一的区别就是她觉得自己坏了一次就够了。她把这件事当作一生中的例外来处理。

再后来我们俩就吹了，她还当她的团支书，好像什么事都没发生一样。等到好像什么事都没发生的时候，我才明白了这件事的含义。在革命时期，除了不定期、不定地点地开出些负彩，再没有什么令人兴奋的事。每个活着的人都需要点令人兴奋的事，所以她就找到我头上来了。

我和 × 海鹰被人看见以后，公司领导找她谈了一回话。回来以后，她一本正经告诉我说，以后不用再到她办公室来，我的"帮教"结束了；那时候她的眼睛红红的，好像哭过。这使我想到她终于受到了羞辱，和在我这里受到羞辱不一样，不带任何浪漫情调。

六七年我曾在一棵树上看到一个人死掉，那件事里也不含任何浪漫情调。那时候"拿起笔做刀枪"最喜欢唱的歌是《光荣牺牲》，光荣牺牲也是死掉，但是带有很多浪漫情调。我以为她遭到了真正的羞辱后，就会像被一条大枪贯穿了一样，如梦方醒。但是等到和我说过了这些话后，她把脸扭向墙壁，嘻嘻地笑了起来。我问她为什么不用来了呢，她说"影响不好"，说完就大笑了起来。我们既然影响不好，就该受到惩罚，但是惩罚起来影响也不好。所以她所受的羞辱还是带着浪漫情调，只值得嘻嘻一笑，或者哈哈一笑。后来我真的没有再找她，这件事就这样别别扭扭地结束了。但这结果就算是合情合理吧。

　　× 海鹰告诉我我们俩影响不好后，我简直是无动于衷。"影响不好"算个什么？连最微小的负彩都算不上。不过这也能算个开始，她就快知道什么是负彩了。就在那时我对她怦然心动。那时候我想把一切都告诉她，包括我和姓颜色的大学生那些不可告人的事。我还想马上和她做爱，因为我觉得自己已经不阳痿了。除此之外，我还乐意假装是狠心的鬼子，甚至马上去学日文。我乐意永远忘记姓颜色的大学生，终身只爱她一个人。我把这些都告诉她，她听了以后无动于衷，只顾收拾东西，准备回家去。最后临出门时，她对我说：这一切都结束了，你还不明白吗？后来她没和我说过话，直到她和毡巴结了婚，才开始理睬我。这件事告诉我，她一点也不以为影响不好是负彩。她以为影响不好就是犯错误。毛主席教导说：有了错误定要改正……改了就是好同志。对这种开彩的游戏她保持了虔敬的态度，这一点很像我认识的那位吃月经纸的大厨。他们都不认为开彩是随机的，而认为这件事还有人管着哪——好好表现就能不犯错误，吃了月经纸就能得一大笔彩金，等等。当然，负彩和正彩有很大的区别。前者一期期开下去，摸彩的人越来越少，给人一种迟早要中的感觉；后者是越开摸彩的人越多，给人一种永远中不了的感觉。这道题虽然困难，最后她也解开了，对影响好不好这种事也能够一笑置之。不过这是后来的事。这是因为这种游戏总在重复。生在革命时期的人都能够解开这道题，只差个早晚。而没有生在革命时期的人就永远也解不开。

后来我还在那个豆腐厂里干了很长时间，经常见到 × 海鹰。每次我见了她就做出一个奸笑，而她总是转过脸去不理我。后来她就想办法从豆腐厂里调走了。

现在我要承认，我对 × 海鹰所知不多。这是因为她和我干那件事时，已经不是处女了。这可能是因为小时候除了让别人把她捆到玉兰树上之外，她还玩过别的游戏，也可能是因为狠心的鬼子不只我一个。到底是怎么回事，我没有去打听。我生在革命时期，但革命时期不足以解释我的一切。不但是我，别人也是这样的吧。

第八章

一

　　现在我回忆我长大成人的过程，首先想起姓颜色的大学生，然后就想到我老婆，最后想起 × 海鹰。其实这是不对的。如果按顺序排列的话，事件的顺序是这样的：首先是五八年我出现在学校的操场上，看别人大炼钢铁；然后我上了小学，看到一只鸡飞上阳台，被老师称为一只猪；后来上了中学，过了一年后，开始了"文化革命"，我跑回家去帮人打仗，认识了姓颜色的大学生；等到仗打完了之后，姓颜色的大学生下了乡，我又回到了学校，从那里去了豆腐厂，遇到了 × 海鹰并在那里陷入了困境。我老婆是再以后的事情。这都是我自己的事，在其中包含了成败。大炼钢铁就意味着我要当画家并且画出紫红色的天空；鸡飞上了阳台就意味着我要当发明家扭转乾坤；我想和姓颜色的大学生性交，

并且强奸 × 海鹰。这都是我想干的事，这些事都失败了——我没当成画家，也没有扭转乾坤，和姓颜色的大学生没有干成，和 × 海鹰仅仅是通奸，但这也是我的失败。如果按和我关系的亲密程度来排列，首先是我老婆，其次是 × 海鹰，最后是姓颜色的大学生——我连她叫什么都不知道。这些事是人间的安排，不包含任何成败。这样讲来讲去，我就像一只没头苍蝇。事实上也是差不多。

按照现在的常理来说，姓颜色的大学生和我如此熟悉，还差一点发生了性关系，分手的时候她该给我留下通信地址，以便逢年过节时互寄贺卡，但实际上不是这么回事。有几天她没来找我，再过了几天我去打听，才知道她离开了学校，不知上哪儿去了。我后来考上了大学，也没找 × 海鹰去告别，滋溜一下子就跑了。像这样的事，当时不明白其中的意义。过了这么多年再想起来，发现一切都昭然若揭。在一九六七年，姓颜色的大学生和我分手之前无话可说，正如一九七七年我和 × 海鹰之间无话可说。

二

在革命时期里，我把 × 海鹰捆在她家小屋里那张棕绷大床上，四肢张开，就如一个大字。与此同时，她闭着眼睛，就如睡着了一样，但是不停地吸着气，仿佛在做忍疼的准备。做完了这件事，我欲念全消，就在她两腿之间坐下，一声不吭地抽烟。屋子里渐渐地暗了。本来我应该打她，蹂躏她，但我只是注意到她的皮肤光滑如镜，像颐和园的铜牛，就拿一根手指在上面反复刮研。她在等我打她，蹂躏她，但是总是等不到。后来她抬起头来说：你把我放开。我就把她放开。我们俩并肩坐着。像这样的事我们干过很多回，没有一次是完全成功的。这说明我虽然长了一身的黑毛，但不是狠心的鬼子。我的心没有夜那么黑。我心里回想起和姓颜色的大学生的缠绵，等着 × 海鹰吻我，说："爱我吧"，但也总是等不到。她的心属于黑夜和狠心的鬼子。我们俩就这样错开了。这种事的结果是我也没有捆着她，她也没有吻我；就这样凑凑合合地干了，而且双方都不满意。

最近一次见到 × 海鹰时，她告诉我说，现在她觉得搂住毡巴，和他亲吻，然后脱掉内衣——就这样简简单单地干了，也没什么不可以的。而且她还说，看来生活就是这样的，用不着对它太过认真。我觉得这话的意思就是今后她再不会想念我，我也用不着再想念她。我以为她把我想象成狠心的鬼子是以一种独特的方式在爱我。后来她也一直爱着我。为此我就该是个狠心的鬼子，心就该像夜一样黑。这不过是一种游戏，没有什么可怕的。所有的人都能看出我有这种气质，这就是她爱我的原因吧；只是在革命时期我被自己的这种气质吓坏了。现在她已经不爱我了。这是最令人痛惜的事情。

三

现在我还在那个"高级智能"研究所上班。毡巴在我们附近的医院里当大夫，凑巧那个医院就是我们的合同医院。姓颜色的大学生就在我们那条街上，×海鹰也离我们不远。我们这些人又会合了。我有点自命不凡地想道：这可能是因为我的缘故，因为他们之间并不认识。现在我每天早上还要到外面去跑步，跑到煤烟和水汽结成的灰雾里去。我仿佛已经很老了，又好像很年轻。革命时期好像是过去了，又仿佛还没开始。爱情仿佛结束了，又好像还没有到来。我仿佛中过了头彩，又好像还没到开彩的日子。这一切好像是结束了，又仿佛是刚刚开始。

　　* 载于 1994 年第 3 期《花城》杂志（双月刊），1994 年 7 月收入华夏出版社版《黄金时代》。

图书在版编目（CIP）数据

革命时期的爱情／王小波著 . ——2 版 . —— 北京：
北京十月文艺出版社，2021.8
ISBN 978—7—5302—2169—3

Ⅰ.①革…　Ⅱ.①王…　Ⅲ.①长篇小说 – 中国 – 当代
Ⅳ.① I247.5

中国版本图书馆 CIP 数据核字（2021）第 129965 号

革命时期的爱情
GEMING SHIQI DE AIQING
王小波 著

出　　版　北 京 出 版 集 团
　　　　　北京十月文艺出版社
地　　址　北京北三环中路 6 号
邮　　编　100120
网　　址　www.bph.com.cn
发　　行　新经典发行有限公司
　　　　　电话 (010)68423599
经　　销　新华书店
印　　刷　山东韵杰文化科技有限公司
版　　次　2021 年 8 月第 2 版
印　　次　2023 年 11 月第 3 次印刷
开　　本　850 毫米 ×1168 毫米　1/32
印　　张　6.5
字　　数　114 千字
书　　号　ISBN 978—7—5302—2169—3
定　　价　49.00 元
质量监督电话　010—58572393
如有印装质量问题，由本社负责调换